L'expédition Burgess

enigmae.com

L'expédition Burgess

Anne Bernard-Lenoir

la courte échelle

Les éditions de la courte échelle inc.
160, rue Saint-Viateur Est, bureau 404
Montréal (Québec) H2T 1A8
www.courteechelle.com

Révision :
Leïla Turki

Conception graphique de l'intérieur :
L'atelier Lineski

Dépôt légal, 3e trimestre 2011
Bibliothèque nationale du Québec

La courte échelle reconnaît l'aide financière du gouvernement du Canada par l'entremise du Fonds du livre du Canada pour ses activités d'édition. La courte échelle est aussi inscrite au programme de subvention globale du Conseil des Arts du Canada et reçoit l'appui du gouvernement du Québec par l'intermédiaire de la SODEC.

La courte échelle bénéficie également du Programme de crédit d'impôt pour l'édition de livres — Gestion SODEC — du gouvernement du Québec.

Catalogage avant publication de Bibliothèque et Archives nationales du Québec et Bibliothèque et Archives Canada

Bernard-Lenoir, Anne

     Enigmae.com

     Sommaire : t. 4. L'expédition Burgess.
     Pour les jeunes de 10 ans et plus.

     ISBN 978-2-89651-479-3 (v. 4)

     I. Titre. II. Titre : L'expédition Burgess.

PS8603.E72E54 2011   jC843'.6   C2010-940600-1
PS9603.E72E54 2011

Imprimé au Canada

ANNE BERNARD-LENOIR

Née en France, Anne Bernard-Lenoir vit au Québec depuis 1989. Diplômée en géographie, elle obtient en 1991 une maîtrise en urbanisme de l'Université de Montréal. Elle se passionne pour les voyages, et ses créations s'inspirent de ses parcours géographiques, de la nature, de l'histoire, des sciences, du mystère et de l'aventure.

« Les singes sont bien trop bons pour que l'homme puisse descendre d'eux. »

FRIEDRICH WILHELM NIETZSCHE (1844-1900), philosophe allemand

Young avait dû parcourir une centaine de milles avant de rejoindre le Cariboo Trail. Ce sentier accroché à la falaise spectaculaire qui longeait le fleuve Fraser était si étroit qu'une seule mule pouvait y passer à la fois. Aux côtés du mulet qui transportait ses bagages, Young avait suivi cette voie escarpée jusqu'aux champs aurifères avec courage et détermination, luttant contre ses peurs et son mal des hauteurs.

Comme plusieurs des quatre mille chercheurs d'or à l'œuvre dans la région de Cariboo, il explorait les sables du ruisseau Lowhee. Il avait délimité son claim, sa concession minière, en le marquant de piquets signés de son nom. Puis, il l'avait enregistré, acquérant le droit d'y couper du bois pour se construire une cabane et se chauffer, de s'approprier le matériel abandonné et de chasser ou de pêcher pour se nourrir.

Young travaillait seul, fouillant le lit du cours d'eau à la recherche des paillettes, des brindilles et des grains d'or descendus des montagnes par les ravins ou accumulés dans les sédiments durant les périodes glaciaires. Il commençait par cribler les alluvions pour les débarrasser des cailloux et n'en garder qu'un fin gravier. Il lavait ensuite ce dernier à l'aide de sa batée. Accroupi au bord du Lowhee, il plaçait une petite quantité de ce sable grossier au fond du récipient de métal évasé qu'il tenait entre ses mains telle une large poêle et y ajoutait de l'eau ; il inclinait la panne et la brassait d'un mouvement circulaire pour détacher les sédiments. L'or, plus pesant que le sable et le gravier, se déposait au fond du récipient. Lorsqu'un éclat scintillait, Young recueillait les paillettes d'or. Il conservait le sable noir pour le sécher et extraire la poussière de ce métal si précieux.

En cet après-midi du mois d'octobre 1862, un gros morceau était tombé au fond de la batée. La pépite, du calibre d'un demi-pois, s'ajoutait à ses richesses. Dans moins d'une année, Young posséderait suffisamment d'or pour payer le transport en diligence qui le ramènerait chez lui par la nouvelle route de Cariboo, en construction le long du Fraser. Il pourrait acheter une petite maison dans la ville de Victoria pour sa femme, lui-même et leur fils, auquel il souhaitait léguer la belle montre à gousset qu'il venait de faire plaquer d'or.

1 . . . . LE DÉPART

— Bonjour! Le moment que vous attendiez tous avec impatience est enfin arrivé. C'est ici et maintenant que débute l'expédition Burgess!

Sur ces paroles, Harrison examina les cartes géographiques et topographiques qu'il tenait dans ses mains, puis en tendit une à son collègue. Harrison Dafoe et Kenneth Queen, tous deux dans la trentaine, travaillaient comme guides-interprètes pour la Fondation géoscientifique des schistes argileux de Burgess, située dans la localité de Field, au cœur du parc Yoho, dans les Rocheuses canadiennes.

Inquiet, Félix chercha Léo du regard. Il le vit dévaler l'escalier de l'auberge pour rejoindre leur groupe. Léo tenait son sac à dos à bout de bras et il ne l'avait pas encore refermé. Il était allé récupérer sa casquette oubliée dans le dortoir.

Kenneth déplia la carte et la posa sur une des tables de pique-nique. C'était la description détaillée de leur itinéraire. Le plan indiquait le nom des montagnes, des cours d'eau et des lacs, ainsi que le relief du terrain, représenté par des courbes de niveau. L'espace entre deux courbes signalait un dénivelé de cinq mètres. À certains endroits, la carte montrait des lignes si rapprochées qu'elles ressemblaient aux couches d'un mille-feuille aplati. Cela signifiait qu'en ces lieux la pente était terriblement abrupte.

L'expédition Burgess, elle, n'était pas une aventure d'escalade. Le sentier grimpait de façon continue pendant une dizaine de kilomètres jusqu'à la fameuse carrière Walcott; la dénivellation totale était de sept cent soixante mètres. La randonnée demeurait accessible à tous, mais on la jugeait assez difficile à cause de sa durée: il fallait compter dix heures pour effectuer l'aller-retour en s'autorisant une longue pause au sommet.

Dans un français presque impeccable, Kenneth rappela le déroulement de la journée.

— Nous sommes à une altitude de mille cinq cent quinze mètres, déclara-t-il en pointant un doigt vers une étoile symbolisant l'auberge de jeunesse Jack Point sur la carte. Si tout se passe bien, nous devrions atteindre notre objectif en début d'après-midi. Je vous rappelle qu'il est strictement interdit de ramasser des fossiles.

— Qu'est-ce que tu fabriques? murmura Félix en s'approchant de Léo, qui semblait énervé et fouillait dans son sac à dos.

— Je vérifie si j'ai mes lunettes de soleil.

Cette randonnée était au cœur du périple organisé par David Martin, le professeur de sciences de Félix et de Léo, un enseignant dynamique et sportif. Ce géologue de formation avait lancé un appel à tous sept mois auparavant. Les élèves de l'école désireux de participer à l'aventure, qui se déroulerait au cours des vacances estivales, devaient s'y inscrire rapidement. Le projet de David s'intitulait *Expédition Burgess : à la découverte des fossiles de la carrière Walcott dans le parc Yoho, au cœur des Rocheuses canadiennes.* Félix et Léo en avaient tout de suite eu l'eau à la bouche. Ils n'avaient jamais pris part à une activité de ce genre. Passionnés de sciences et d'histoire, ils consacraient beaucoup de temps à leur site *ENIGMAE*, ce qui ne les empêchait pas d'être attirés par les voyages, surtout si ceux-ci présentaient un caractère insolite ou scientifique. Ils avaient discuté du projet avec leurs grands-parents, et ceux-ci avaient accepté avec enthousiasme de faire ajouter leurs noms à ceux des vingt-deux autres élèves participants.

La carrière Walcott revêtait un intérêt géologique et biologique considérable. Un paléontologue américain y avait repéré la trace des plus anciens ancêtres connus d'animaux actuels. Ce gisement fossilifère, l'un des plus importants du monde, jouait un rôle essentiel dans la compréhension de l'évolution des espèces et de la naissance de la vie sur terre. Seules les randonnées guidées organisées par des professionnels permettaient d'accéder à ce lieu perché dans les hauteurs du majestueux parc Yoho.

Deux autres professeurs de l'école, Juliette Desmarais et Éric Langevin, accompagnaient aussi les vingt-quatre élèves âgés de douze à quatorze ans. À leur arrivée à l'aéroport de Calgary, Alexander Wilson, un enseignant de sciences et de français dans une école secondaire de la région, les avait chaleureusement accueillis ; il serait leur guide pendant leur séjour d'une semaine. Un autobus les avait conduits jusqu'à Banff, située à cent trente kilomètres de Calgary, au cœur des Rocheuses. Le lendemain, ils avaient visité la ville et ses alentours, dont le canyon Johnston et la vallée de la Bow, puis fini leur périple par une baignade dans les prestigieuses sources thermales d'Upper Hot Springs. Le jour suivant, l'autobus les avait menés au lac Moraine, puis dans le parc Yoho, jusqu'à l'auberge de jeunesse Jack Point, un vaste chalet moderne bâti au pied des spectaculaires chutes Takakkaw. Le groupe était allé sentir la bruine glacée des cascades avant de s'installer dans les jolis dortoirs en bois. Il se coucha tôt en vue de l'expédition Burgess, qui constituait une épreuve physique.

Le matin tant attendu était ainsi arrivé. Kenneth Queen poursuivait ses explications devant le groupe silencieux.

— Il est sept heures trente ; nous sommes en avance sur notre horaire, conclut-il, satisfait. Avant de quitter l'auberge et de commencer l'ascension, je tiens à ce que vous preniez deux minutes pour vérifier que vos sacs à dos contiennent les objets suivants : un coupe-vent imperméable, des gants, un bonnet chaud, deux ou trois litres d'eau, un chandail et une paire de bas de rechange, des lunettes de soleil, un chapeau, un tube de crème solaire, le dîner et la collation que nous vous avons distribués plus tôt, et votre appareil photo si vous désirez l'emporter. Ces recommandations s'adressent autant aux élèves qu'aux accompagnateurs. Merci. Nous serons en haute altitude, donc davantage exposés au soleil et au mauvais temps. Bien que les prévisions météorologiques semblent à notre avantage aujourd'hui, il faut savoir que les conditions peuvent changer brusquement en montagne. Et n'oubliez pas vos bâtons de randonnée !

Léo finit d'inspecter ses affaires et ferma son sac à doc. Félix avait préparé son bagage la veille et ne s'en souciait plus. Il contemplait le paysage qui les entourait. Celui-ci était d'une beauté inquiétante. Les arbres de la forêt sauvage bordant les chutes Takakkaw et les rochers luisants étaient immenses et immobiles. Le ciel d'un bleu déjà intense paraissait peint. Au loin, on apercevait les sommets enneigés du glacier Daly et de gigantesques parois rocheuses aux contours acérés comme des lames.

— Une toute dernière chose, ajouta Harrison d'un ton grave. Je sais que vous avez eu l'occasion de recevoir de l'information à ce sujet depuis votre arrivée dans les Rocheuses, mais on n'est jamais assez vigilant. Je veux parler des grizzlys.

Léo donna un coup de coude à Félix. Rencontrer un de ces plantigrades magnifiques et imposants constituait l'un de ses rêves... Il espérait que ce voyage leur permettrait d'en observer plusieurs sans toutefois menacer leur vie. Au cours de la balade en autobus dans la vallée de la Bow, ils avaient aperçu de multiples espèces animales : deux cerfs mulets, un orignal, des hérons, des marmottes, un renard roux, un grand-duc d'Amérique et des éperviers. Cet endroit était un véritable zoo en pleine nature. David avait vu un bébé grizzly traverser une prairie. Tandis que l'autobus ralentissait, Félix et Léo s'étaient précipités pour regarder à travers la vitre, mais il était déjà trop tard : le petit animal avait poursuivi sa course et disparu dans la forêt.

— Vous êtes sur le territoire du grizzly et de l'ours noir, poursuivit Harrison. Les parcs nationaux des Rocheuses sont des aires protégées qui contribuent à assurer la conservation de ces espèces. Nous devons rester groupés et faire du bruit quand nous nous déplaçons pour signaler notre présence. C'est pourquoi nous avons accroché des grelots à vos sacs à dos. Si l'un d'entre vous aperçoit un ours, il doit prévenir les autres.

— Je vous demande d'être prudents et de suivre à la lettre les consignes de nos guides, ajouta David en s'adressant à tous. C'est bien compris ?

Un murmure sourd s'échappa du groupe.

— Parfait, on est partis ! cria Kenneth.

2 . . . . LA PREMIÈRE HALTE

Harrison ouvrait la marche, et Kenneth avançait derrière le dernier randonneur. Les professeurs accompagnateurs — David, Juliette, Éric et Alexander — s'étaient dispersés au sein du long cortège. Félix et Léo précédaient David et suivaient deux camarades avec lesquels ils s'entendaient bien, Kim Pelletier et François Durivage, tous deux âgés de treize ans. S'ils étaient peu bavards depuis leur lever, Félix et Léo étaient maintenant tout à fait réveillés et disposés à savourer l'aventure qui commençait.

Le sentier grimpait dans un couloir d'avalanche. La pente était raide, et les cailloux roulaient sous les semelles, soulevant une fine poussière de roche.

— Il s'agit d'une randonnée et non d'une course, hurla Kenneth, qui semblait penser que le rythme du convoi était trop rapide. Vous devez économiser vos forces. Lorsque nous serons en altitude, il y aura moins d'oxygène et vous aurez plus de difficulté à respirer normalement.

Malgré l'été et le soleil étincelant, le froid pinçait, et l'humidité transperçait les vêtements. Tous les excursionnistes avaient revêtu des pantalons et enfilé des gants ainsi qu'un épais chandail ou un blouson.

Kim se tourna vers les frères Valois. Pour éviter d'avoir des mèches rebelles devant ses yeux, elle avait placé un bandeau à fleurs dans ses jolis cheveux noirs coupés au carré.

— Ce n'est pas évident de marcher avec des bâtons, ronchonna-t-elle. Ils ne vous embarrassent pas, vous ?

— On s'y habitue, lui répondit Félix, qui arborait fièrement une casquette grise à l'effigie du parc.

— C'est surtout au retour que tu les apprécieras, Kim, expliqua François. Ils t'aideront à garder l'équilibre dans la descente.

— Tu as l'air de t'y connaître, souligna Léo.

— Je fais souvent de la randonnée avec ma sœur et mes parents.

François n'avait pourtant pas l'apparence d'un sportif. Il était aussi grand et maigrichon que Félix. Il avait des cheveux courts, blonds comme les blés, des yeux bleus et de petites lunettes ovales toujours impeccables. Se fiant à son allure proprette, Léo l'avait pris pour un premier de classe avant de découvrir son tempérament moqueur et dissipé.

Les randonneurs venaient d'atteindre une sorte de terrasse. Le sentier traversait maintenant une forêt splendide de conifères géants. Cela faisait une heure qu'ils avaient quitté l'auberge. Félix songeait à tout ce qu'on leur avait raconté à propos des schistes argileux de Burgess.

— C'est complètement débile de penser que des roches situées à plus de deux mille mètres d'altitude renferment des traces d'animaux marins ! dit-il.

— C'est pourtant vrai, intervint David. Les Rocheuses étaient jadis recouvertes par une mer. Leur formation a commencé il y a cent soixante millions d'années et elle s'est étalée sur cent millions d'années. Les gisements foss...

— Oh noooooooooon !

Quelqu'un venait de crier, interrompant les précisions savantes de David.

— Stop ! hurla Kenneth. On a un souci à l'arrière !

Le cortège de marcheurs s'arrêta net et chacun se retourna.

— Qu'est-ce qui se passe ? demanda Félix.

— Quelqu'un a aperçu un ours ? voulut savoir Léo, anxieux.

— Je vais me renseigner, déclara David. Restez ici.

Il les quitta pour rejoindre la queue du convoi. De loin, on pouvait voir Éric en pleine discussion avec Kenneth, mais aucune panique ne semblait s'être déclenchée. Félix et Léo profitèrent de cet arrêt pour boire une gorgée d'eau fraîche et prendre des photographies de la forêt avec l'appareil numérique minuscule que Diane leur avait prêté. À l'instar de plusieurs jeunes, François déposa son sac à dos sur le sol pour détendre les muscles de son dos. Kim sortit des lunettes de soleil qui lui donnèrent des allures de star. Quelques minutes s'égrenèrent avant qu'ils aient des nouvelles de David.

— Bon, écoutez-moi! lança celui-ci d'une voix forte afin d'attirer l'attention de tous. Nous avons un problème. Il n'est pas grave, mais il exige que nous fassions un détour. Il y a un lac à dix minutes de marche du sentier, le lac Serpentine. C'est un endroit aménagé. Nous y ferons une halte et nous repartirons dès que possible.

— C'est quoi, le problème? s'enquit Léo.

— Les souliers d'Éric Langevin se sont percés, lâcha David.

La première réaction du groupe fut la surprise, puis les jeunes éclatèrent de rire. David poussa un gros soupir et expliqua sur un ton ironique:

— Ses vieilles bottes de marche, qu'il possède depuis dix-huit ans et dont il est si fier, ne verront pas les schistes de Burgess. Une racine d'arbre pointue a percé l'une des semelles. Heureusement, Éric ne s'est pas blessé.

— Il n'ira pas jusqu'à la carrière Walcott avec nous? s'étonna Félix.

— Si, mais il aura besoin d'une nouvelle paire de chaussures. Les guides disposent de quelques paires de rechange à l'auberge. Cela ne semble pas être la première fois qu'un tel incident se produit. Les guides possèdent un cellulaire pour les urgences; Harrison va téléphoner au personnel de l'auberge, qui est reliée au lac par une route de terre. Quelqu'un prendra la navette pour apporter des chaussures à Éric, et nous repartirons aussitôt.

— Si on fait déjà une halte, on n'est pas près d'arriver, bougonna Léo.

Félix fit une grimace signifiant qu'il partageait l'avis de son frère. Chacun renfila son sac à dos et empoigna ses bâtons. On fit demi-tour. Kenneth se trouvait maintenant à la tête du convoi. Celui-ci bifurqua sur un chemin, traversa une petite prairie tapissée de fleurs sauvages et pénétra de nouveau dans la forêt dense composée d'épinettes d'Englemann, de sapins de l'Ouest et de sapins de Murray. Une odeur merveilleuse — mélange d'humus, de fleurs et de sève — accompagnait les randonneurs depuis leur départ.

Dix minutes plus tard, Félix et Léo aperçurent devant eux une ligne turquoise. Le contraste entre la couleur intense du lac Serpentine et les troncs sombres des arbres rectilignes était saisissant. Parvenu à la plage déserte, qui était agrémentée de trois tables de piquenique, le groupe se dispersa.

— Wow, ce lac est super-beau! s'exclama Kim en déposant son sac à dos sur le sable, près d'un rocher.

Félix et François l'imitèrent. Léo se précipita vers une cabane dissimulée dans la forêt, qui abritait des toilettes sèches. Une dizaine d'élèves avaient eu la même idée que lui.

— C'est ici que je viens demain après-midi, déclara Kim.

— Comment ça? l'interrogea Félix.

— Je me suis inscrite à l'activité « Kayak au lac Serpentine ». La navette de l'auberge nous amènera jusqu'ici, et nous profiterons du plan d'eau. Il n'est pas très étendu, mais il y a de magnifiques cascades. Le courant n'est pas fort, et il y a plein de méandres. Ce sera génial!

— Léo et moi, on a choisi d'aller sur le lac Emerald, expliqua Félix. Il paraît qu'il est immense. On fera du canot. Et toi, François?

— «Kayak au Lac Serpentine», lâcha-t-il en bâillant avec bruit.

Félix s'approcha du bord du lac pour plonger sa main dans l'eau claire et glaciale. Puis il s'assit sur un rocher pour relacer ses bottes de marche poussiéreuses. Kim et François rejoignirent David, qui discutait de la suite de l'expédition avec les autres professeurs et les guides. On entendait Éric se confondre en excuses.

— Félix!

Celui-ci se retourna. C'était Léo qui l'appelait et venait vers lui.

— Tu en as mis du temps, remarqua Félix.

— Si tu veux manquer d'oxygène, ce n'est pas la peine de grimper en haut du mont Field, il suffit de rentrer dans ces toilettes! Ceux qui ont pénétré là-dedans racontent que c'est un vrai cauchemar. J'ai préféré passer mon tour et je suis allé dans la forêt. Viens vite, il faut que je te montre un truc!

— Qu'est-ce qu'il y a?

— Viens, je te dis!

Intrigué, Félix retourna chercher son sac à dos, puis il suivit son frère, qui s'éloignait déjà.

— J'ai vu quelque chose de bizarre entre les arbres, marmonna Léo.

Félix et Léo longèrent la file d'attente pour les toilettes dans laquelle Kim avait finalement pris place. Ils gagnèrent l'extrémité de la plage, enjambèrent un minuscule ruisseau dont les eaux se jetaient dans le lac Serpentine et grimpèrent sur un talus où les racines des pins s'enchevêtraient.

— Tu es allé loin pour faire ton affaire, commenta Félix, hilare.

Léo ne lui répondit pas. Derrière le talus, sur la pente bordant la rive, Félix aperçut un énorme rocher, aussi large qu'une voiture. Léo le contourna et s'arrêta après une dizaine de mètres, aux abords d'une rangée de gros cailloux coincés entre des troncs. Il s'accroupit en tendant la main.

— Regarde !

Félix s'approcha et découvrit sa trouvaille : un os qui dépassait du sol.

— Penses-tu que c'est un os d'ours ? lui demanda Léo, les yeux brillants.

Félix s'avança encore pour l'examiner de plus près. Il mesurait environ vingt centimètres de longueur. Il était noirâtre, avec des stries brun clair.

— Je n'en sais rien, répondit-il.

— Il y a sûrement une ancienne tanière dans le coin. J'ai regardé aux alentours, mais je n'ai pas repéré de grotte.

De l'endroit où ils étaient, Félix et Léo ne voyaient plus leur groupe, mais ils entendaient des voix et des rires. D'un geste de la main, Félix agrippa le grelot qui pendait à son sac à dos et le fit sonner.

— S'il y a une bête dans le coin, je préfère ne pas la voir, murmura-t-il.

— Alors, tu crois que c'est quoi ? s'impatienta Léo.

Il posa les doigts sur la partie du squelette qui surgissait de la terre.

— Ça doit être les restes d'un cerf qui a voulu passer entre les arbres. Il portait un immense panache qui s'est coincé entre les troncs et il est mort sur place. J'ai vu ça dans un documentaire. Il y a plein de cerfs qui meurent de cette façon. On est à deux pas de la plage ; quelqu'un a dû ramasser les bois. Ils peuvent valoir cher.

— On a le droit de ramasser un panache trouvé dans la forêt ? s'étonna Léo.

— Aucune idée.

— Moi, je pense plutôt que c'est un os d'ours ! As-tu remarqué comme il est long ?

— Les cerfs ont de grands squelettes, je te signale. En plus, il n'y a pas que des ours et des cerfs dans ces montagnes ! Il y a aussi des couguars, des loups, des lynx... Un prédateur peut très bien avoir chassé un animal et être venu le bouffer près du lac. Ton os, ça peut être n'importe quoi !

— Tu te souviens de ce qu'il y avait dans la vitrine du hall d'entrée de notre hôtel, à Banff ?

— Un crâne de grizzly ?

— Exactement. Il était super-impressionnant, lisse comme du bois sculpté, avec une mâchoire remplie de crocs blancs énormes. Tu penses qu'on nous autoriserait à le conserver si on en découvrait un dans la forêt ?

— T'es débile, Léo ! s'esclaffa Félix.

Jugeant que sa question n'était pas si bête, Léo marmonna entre ses dents.

— Tantôt, j'ai entendu les guides et les profs discuter de l'expédition, se rappela Félix. Ils disaient que, si on accumulait trop de retard à l'aller, il faudrait écourter la pause du retour prévue au lac Yoho et la prendre ici, au lac Serpentine.

— Ce serait super ! Ça nous permettrait de revenir et de déterrer cet os pour le montrer aux guides. Si jamais c'était un...

— Hé ! ho ! on se remet en marche, s'il vous plaît ! cria-t-on soudain.

Félix et Léo reconnurent la voix d'Alexander Wilson, le professeur albertain. La navette de l'auberge devait avoir rempli sa mission de secours. Ils se hâtèrent de quitter les lieux et rejoignirent leurs amis dans la file indienne qui repartait enfin pour la carrière Walcott.

3 . . . . LA CARRIÈRE WALCOTT

La halte avait occasionné un retard imprévu d'une quarantaine de minutes. À la queue leu leu, les randonneurs traversèrent de nouveau la prairie fleurie pour gagner le chemin bordé de conifères géants.

— David, pourquoi on n'est pas venus en navette depuis l'auberge jusqu'au lac Serpentine ? demanda Félix sans cesser de marcher. On aurait gagné du temps, puisque ce lac est à dix minutes du sentier.

— Bien pensé, Félix ! lui répondit David en rigolant. Sauf que la route zigzague à travers la forêt. Le trajet dure trente minutes et la navette ne peut transporter que douze personnes à la fois, dont le conducteur. Tiens, on dirait une énigme mathématique extraite de votre site *ENIGMAE* !

Léo et Kim s'esclaffèrent. David se prit au jeu et poursuivit :

— Combien de temps faudra-t-il à trente touristes pour se rendre du point A au point B, sachant que la navette ne peut transporter que douze personnes à la fois, incluant le chauffeur, et que la durée du trajet entre le point A et le point B est de trente minutes?

Kim soupira, l'air piteux:

— J'aurais besoin d'un morceau de papier pour faire un dessin et trouver la solution.

— Et moi, je ne suis pas venu jusqu'ici pour me casser la tête avec ce genre de calcul! marmonna François.

À l'instar de Félix, Léo réfléchissait au problème mathématique proposé par David alors que la pente s'accentuait et exigeait un effort soutenu de la part des randonneurs. Quinze minutes s'écoulèrent ainsi.

— Cent cinquante minutes! s'écria soudain Félix.

— Bravo, fit David. Maintenant, tâchons d'économiser nos forces et de nous concentrer sur nos pas et sur notre respiration.

Léo se retourna vers son frère et lui adressa une grimace pour signifier qu'il n'appréciait pas qu'on ait résolu l'énigme avant lui. Félix éclata de rire.

Le convoi fit un petit détour jusqu'aux rives du lac Yoho. Il s'arrêta momentanément pour utiliser les toilettes et se ravitailler en eau potable à une source descendant des sommets. Puis, les marcheurs quittèrent la forêt et suivirent le sentier dans la zone alpine dépourvue d'arbres. Aux abords d'une des dernières prairies, le groupe fit une pause pour dîner. La perspective y était spectaculaire, et le décor, grandiose. Au pied des glaciers et d'une dizaine de pics culminant à plus de trois mille mètres, le lac Emerald, d'un vert presque surnaturel, scintillait telle une pierre précieuse géante. Le mot d'origine cri « Yoho », signifiant « émerveillement », était bien choisi pour désigner ce parc.

Après avoir englouti leur sandwich et pris de nombreuses photographies, Félix et Léo s'intégrèrent au convoi qui s'était remis en marche à destination de la carrière Walcott. Ils s'approchèrent de la tête pour figurer parmi les premiers arrivés et cheminèrent derrière Harrison d'un pas lent et sûr. Au cœur de l'univers des lichens et de la roche nue, le sentier se rétrécissait le long d'une crête montagneuse. L'exercice était essoufflant, et la fatigue musculaire commençait à se faire ressentir. Les randonneurs avaient quitté l'auberge depuis plus de quatre heures.

Léo regrettait que les circonstances ne fussent pas propices à la conversation. Il n'avait pas cessé de penser à l'os du lac Serpentine.

— Harrison, à quoi ressemble le squelette d'un ours ? demanda-t-il.

— Drôle de question ! C'est celui d'un grand mammifère. Et puis, cela dépend de l'espèce dont tu parles.

— Il paraît qu'il y a des ours noirs aussi gros que des grizzlys, des ours noirs qui sont bruns et des grizzlys adultes qui sont petits, intervint Félix. Comment fait-on pour distinguer l'ours noir du grizzly ?

— Tu dois considérer trois éléments, répondit Harrison. D'abord, la bosse sur les épaules, que seul le grizzly possède. Ensuite, le profil du visage, qui est moins rond et plus anguleux chez l'ours noir. Enfin, les oreilles, plus menues, arrondies et éloignées l'une de l'autre chez le grizzly.

— Est-ce que vous avez emporté une arme pour nous défendre si un ours nous attaque ? s'inquiéta un garçon derrière eux.

— Nous avons des vaporisateurs de poivre de Cayenne, mais je suis certain que nous n'aurons pas à nous en servir, répliqua Harrison. Voilà, nous sommes arrivés !

Sans tambour ni trompette, Harrison s'écarta du sentier pour gagner une sorte de plateau situé le long de la crête que les marcheurs suivaient depuis un moment. Kenneth le rejoignit et demanda aux membres du groupe de déposer leur sac à dos et de se vêtir chaudement. Félix fut le premier à poser son sac au pied de la falaise abrupte. Il enfila un chandail, un coupe-vent et une tuque de laine. Léo l'imita. Pas un nuage ne couvrait le ciel, mais un vent froid soufflait insidieusement. Tout autour d'eux, des roches grises, plus ou moins petites et effritées, jonchaient le sol.

— Vous voici à deux mille trois cent trente-six mètres au-dessus du niveau de la mer, déclara Kenneth. Bienvenue dans la carrière Walcott !

— Imaginez, ajouta Harrison d'un ton mystérieux, que nous sommes au mois d'août 1909. Le paléontologue américain Charles Walcott et sa famille reviennent de la vallée de la Yoho et se dirigent vers Field. Ils ont suivi le même sentier que celui que vous venez de grimper avec courage. Ils admirent le même panorama que celui qui s'offre à vos yeux en cet instant même...

D'un geste, Harrison montra l'horizon. La vue sur les glaciers, sur la chaîne montagneuse President et sur le lac Emerald était stupéfiante.

— Soudain, le célèbre paléontologue repère quelque chose sur la roche, poursuivit Harrison. Ce sont des fossiles. Ils sont étranges et portent l'empreinte d'animaux jamais observés auparavant. Ces empreintes sont presque parfaites! Savez-vous que les découvertes de Walcott ont été d'une importance capitale et ont changé notre compréhension de l'évolution de la vie et des espèces sur notre planète?

Subjugués, les vingt-quatre élèves et leurs accompagnateurs écoutaient les explications des guides avec une attention extrême.

— Les animaux bizarroïdes dont vous contemplerez les fossiles datent d'un demi-milliard d'années, ajouta Harrison. À cette époque, qu'on appelle le Cambrien, la terre ne ressemblait pas à ce que nous connaissons aujourd'hui. La Laurentia, qui correspond à la partie la plus ancienne de l'Amérique du Nord, était un continent dérivant près de l'équateur, dans des mers chaudes. Au cours des millions d'années qui ont suivi, en raison de la dérive des continents, de la tectonique des plaques, de la formation des montagnes et de l'érosion, ces roches, qui constituaient le fond de mers tropicales, se sont déplacées sur des centaines de kilomètres en subissant des transformations majeures. Certaines d'entre elles ont été morcelées et poussées vers la surface, puis érodées par le vent, l'eau et les glaciers. Cela explique pourquoi nous pouvons observer ici, en altitude, des roches provenant de ces mers tropicales.

— Walcott a donc pu découvrir des fossiles d'animaux marins sur cette montagne, dans des couches de schiste, une roche sédimentaire formée de particules d'argile et de limon, compléta Kenneth.

— Il y a cinq cents millions d'années, il n'y avait de la vie que dans les océans, n'est-ce pas? demanda Éric Langevin.

— Tout à fait! Sur la terre, il n'y avait ni plante ni animal. Dans le ciel, il n'y avait ni oiseau ni insecte. Les schistes argileux de Burgess prouvent non seulement qu'il y avait de la vie dans les mers tropicales de l'époque, mais aussi que cette vie était très diversifiée. Ces fossiles témoignent d'une des périodes les plus importantes du développement de la vie sur terre: l'explosion de la diversité des espèces. Avant la découverte de Walcott, on ignorait l'existence d'une telle biodiversité à une période si ancienne.

— Ce site présente les empreintes d'organismes à corps mou, reprit Harrison. En général, ce sont les structures dures, comme les coquilles ou les squelettes, qui laissent des empreintes fossilisées. Ce qui est extraordinaire ici, c'est qu'on peut observer des fossiles d'invertébrés.

Harrison se baissa pour ramasser deux cailloux plats aussi grands que des assiettes.

— On a identifié sur cette montagne environ cent quarante espèces d'invertébrés marins, dont des éponges, des vers et de minuscules monstres marins à cinq yeux comme l'*Opabinia*, qui a une trompe en forme d'aspirateur, expliqua-t-il.

Harrison montra la roche sur laquelle on voyait l'animal étonnant.

— ... ou l'*Hallucigenia*, qui a sept paires d'épines pointues et sept tentacules.

De son doigt, Harrison suivit le contour de l'empreinte présente sur la deuxième pierre. Félix et Léo se donnèrent un coup de coude. Ils connaissaient cette bestiole pour l'avoir vue en dessin.

— Ces animaux représentent le début de la vie telle que nous la connaissons aujourd'hui, déclara Harrison. Ils sont en quelque sorte vos lointains ancêtres.

— Notre ancêtre, c'est le singe! lança François sur un ton moqueur.

— Eh bien! l'ancêtre de ton singe se trouve ici, lui répondit Harrison, dont l'affirmation déclencha des rires.

— C'est maintenant à votre tour de jouer aux explorateurs! conclut Kenneth. Des centaines de fossiles attendent que vous vous intéressiez à eux. Vous pouvez les toucher, les dessiner, les prendre en photo... Mais manipulez-les avec soin, car ils sont fragiles. Et surtout, replacez-les au lieu exact où vous les avez ramassés.

Le groupe se dispersa aussitôt. L'atmosphère était fébrile, mais chacun resta calme, soucieux de ne pas se faire rappeler à l'ordre par l'un des accompagnateurs. Félix et Léo contemplèrent le paysage un instant. La blancheur éclatante des glaciers au loin, le vert profond des forêts de sapins couvrant les vallées, le bleu électrique du ciel, le gris anthracite des roches de la carrière... les couleurs de ce décor splendide étaient si belles qu'elles paraissaient artificielles.

Félix sortit un bout de papier de l'une des nombreuses poches de son pantalon. C'était la photocopie d'un dessin représentant *Anomalocaris* et extrait d'un livre de géologie emprunté à la bibliothèque de l'école. Quand

David leur avait décrit en classe les différentes espèces d'animaux marins anciens, Félix et Léo avaient jeté leur dévolu sur *Anomalocaris*, qui les fascinait. Ce prédateur dont la longueur dépassait cinquante centimètres avait été mal interprété par Walcott au moment de sa découverte. Le paléontologue avait pris sa bouche pour une méduse, et son corps, pour un concombre de mer!

Après avoir touché une empreinte envoûtante sur une large pierre au pied de la falaise, Félix et Léo examinèrent nombre d'éponges et de mollusques fossilisés, ainsi que des spécimens de *Marrella splendens*, appelé communément crabe aux dentelles, le fossile le plus abondant sur le site. Leurs explorations captivantes furent interrompues par la voix de Kenneth :

— Il faut nous préparer à quitter les lieux. J'espère que vous avez apprécié votre visite !

D'ultimes photos furent prises avant que chacun remette son sac à doc. Songeant toujours à son os, Léo s'apprêtait à poser une question lorsque Kenneth poursuivit :

— Durant la descente, je vous demande de demeurer attentifs à chacun de vos pas pour ne pas glisser. Nous avons du retard par rapport à notre planification initiale, alors il ne faudra pas traîner. Nous ferons une pause au lac Yoho, comme prévu, mais il faudra l'écourter pour ne pas rentrer au soleil couchant. La pénombre arrive plus vite qu'on le croit dans la montagne et en forêt.

Léo s'approcha de Félix, qui était en train de déballer une barre de céréales.

— Tu as entendu, Félix ? lui dit-il, déçu. La halte n'est pas déplacée au lac Serpentine !

— Quoi ?

— Tu m'avais dit que les guides et les profs décideraient peut-être de s'arrêter au lac Serpentine, plutôt qu'au lac Yoho, sur le chemin du retour. Ça nous aurait permis de retourner voir l'os et de le leur montrer. Maintenant, c'est impossible !

— Ah oui, c'est vrai, j'avais oublié. On pourrait essayer de changer notre programme de demain, lui proposa Félix. Il n'est peut-être pas trop tard pour choisir de faire du kayak. Comme ça, on aurait le temps d'aller déterrer ton truc et on pourrait passer la journée avec Kim et François.

— Super ! s'exclama Léo, enthousiasmé par le projet.

Le trajet du retour de l'expédition Burgess se déroula sans encombre malgré la fatigue qui assaillait chaque randonneur. Le convoi surprit un troupeau de chèvres de montagne, blanches et bouclées comme des peluches, qui trottinaient sur les parois du mont Wapta. Félix et Léo virent un écureuil fouisseur en train de monter la garde devant son terrier creusé dans la prairie, et un aigle immense qui tournoyait dans le ciel.

Une fois arrivés à l'auberge, avant même de poser leurs bâtons de randonnée, Félix et Léo allèrent trouver la responsable des activités. Elle ôta leurs noms de la liste des participants à l'excursion au lac Emerald et les ajouta à celle des passagers de la navette qui devait partir le lendemain à treize heures en direction du lac

Serpentine. Comme leurs camarades, les deux garçons se couchèrent aussitôt après le souper, la tête pleine des paysages sublimes du parc Yoho et des monstres marins de la carrière Walcott.

4 . . . . L'OS

C'est avec des courbatures inhabituelles et des mollets durs comme le ciment que Félix, Léo, Kim et François montèrent dans la navette le lendemain. Une remorque attachée au véhicule transportait six kayaks doubles. Trois jeunes étaient déjà assis sur les bancs et attendaient l'heure du départ.

— Qui va nous accompagner ? demanda Léo.

— Je l'ignore, lui répondit Félix.

Le nez collé sur l'écran minuscule de leur appareil photo numérique, Félix passait en revue la centaine de clichés qu'ils avaient pris la veille au cours de l'expédition.

— Je crois que c'est Juliette Desmarais, la prof d'anglais, intervint Kim. Il y aura aussi Jonathan et Tom, les moniteurs sportifs.

— Je n'ai pas envie de faire du kayak, confia Léo en se tortillant sur son siège comme si une boule de poil à gratter lui chatouillait le dos. La randonnée d'hier m'a tué. J'ai mal partout !

— Rassure-toi, ça ne me tente pas non plus. David m'a précisé qu'on n'était pas obligés, ajouta Félix.

— On n'est pas des paresseux, nous ! se moqua François. On a bien l'intention de pagayer. Pas vrai, Kim ?

— Juste un peu, avoua-t-elle. Histoire d'aller voir les cascades...

— Nous voilà ! cria Juliette en pénétrant dans la navette en compagnie du chauffeur, de Tom et de Jonathan. J'ai emporté quelques livres, des raquettes de badminton et d'autres jeux pour ceux qui ne feront pas d'activité sur le lac.

— *Let's go to Serpentine Lake !* lança le chauffeur, qui ne parlait pas français.

Le chemin de terre formait de longs lacets à travers la forêt. Après trente-cinq minutes d'un transport cahoteux, le chauffeur déposa ses dix passagers, leurs affaires et leurs embarcations près de la petite plage du lac, puis il repartit en direction de l'auberge.

En compagnie de Jonathan, Kim et François se préparèrent à embarquer. Les autres jeunes s'installèrent sur la plage pour jouer à un jeu de société. Juliette et Tom prirent d'assaut les tables de pique-nique et y étalèrent des bouteilles d'eau, une glacière contenant des sandwichs et le reste de leur matériel (jeux, livres, raquettes). Félix et Léo annoncèrent tout de suite leur programme de la journée : ils avaient l'intention de réaliser un reportage photo sur le lac Serpentine et, en particulier, de prendre des clichés de la végétation variée poussant sur ses rives. C'est Léo qui avait eu cette idée. Ce prétexte leur permettrait d'aller fouiner à leur guise dans le secteur où il avait aperçu l'os! Le plan d'eau n'était pas très grand, et son pourtour fut jugé assez dégagé par Juliette et Tom pour que ceux-ci leur donnent leur autorisation. Félix et Léo avaient, de plus, accroché des grelots à leur ceinture pour indiquer leur présence aux bêtes et aux humains fréquentant les alentours.

— Vous ne vous éloignez pas, n'est-ce pas? leur demanda Juliette en les voyant partir.

— Promis! lui répondit Félix sans se retourner.

— Hier, on a repéré un endroit intéressant avec des mousses et des fleurs, près du ruisseau qui coule derrière la cabane des toilettes, ajouta Léo pour faire comprendre à Juliette Desmarais qu'ils n'avaient pas l'intention d'aller loin.

— Derrière la cabane des toilettes, répéta-t-elle en poussant un soupir de découragement. Venir de Québec jusque dans les Rocheuses pour photographier la végétation qui pousse derrière une cabane de toilettes... Décidément, je ne parviendrai jamais à comprendre ce qui intéresse les jeunes aujourd'hui!

Félix et Léo ignorèrent cette remarque. Après cinq minutes de marche, ils enjambèrent les eaux du minuscule cours d'eau situé à l'extrémité de la plage. Ils grimpèrent sur le talus et reconnurent le gros rocher aperçu la veille. Ils se dirigèrent vers lui et le contournèrent. L'os n'avait pas bougé; il surgissait de la terre près des cailloux coincés entre les troncs des sapins immenses. Félix le prit en photo.

— Je vais essayer de le dégager, dit Léo en s'accroupissant près de sa trouvaille.

Félix et Léo pouvaient entendre les voix de leurs camarades restés sur la plage, et même celles de Kim et de François, qui discutaient avec leur moniteur de kayak. Ils pagayaient paisiblement en direction des cascades, visibles depuis l'un des méandres de la rivière.

Léo plongeait déjà les mains dans la terre noire, qui exhalait une forte odeur d'humus. Il n'hésitait pas à se salir quand les circonstances l'exigeaient et adorait fouiner. C'était l'« excavateur » du duo qu'il formait avec son frère. Il gratta la base de l'os, dont une partie demeurait enfouie dans le sol de la forêt.

— Cet os paraît immense, murmura Félix en observant Léo

Après plusieurs minutes de creusement, Léo effectua un mouvement sec avec ses poignets et réussit à dégager l'objet. Il exhiba son trophée avec fierté :

— Je suis certain qu'il mesure plus de quarante centimètres !

Félix s'empara de ce trésor macabre afin de l'examiner. L'os paraissait vieux. Ses deux extrémités n'étaient pas identiques : l'une ressemblait à celle d'un os de chien banal, l'autre présentait une excroissance en forme de demi-sphère.

— Félix, Léo ! cria-t-on soudain depuis la plage.

Ils reconnurent la voix de Juliette Desmarais.

— Oui, on est toujours là ! hurla Félix.

— On ne vous voit pas. Est-ce que tout va bien ?

— Oui ! s'écria Léo. On prend des photos !

Ils entendirent Juliette reprendre sa conversation avec Tom. Félix poursuivit l'examen minutieux de leur découverte.

— Alors ? murmura Léo. Qu'en penses-tu ?

— Je ne sais pas...

— Si ce n'est pas l'os d'un grand mammifère, je me demande ce que c'est !

— Ouais, ça pourrait être l'os d'un ours.

— Tu imagines si c'était la carcasse d'un dinosaure ! Tu te souviens de ce qu'on a lu sur Internet, l'autre jour ? Dans un parc de l'Alberta, des paléontologues ont déterré des centaines de squelettes de dinosaures, dont des *Centrosaures* et des *Tricératops*.

— T'es malade, Léo, lâcha Félix. Le parc dont tu parles, c'est le Dinosaur Provincial Park. Il n'est pas dans les Rocheuses, mais dans la région des Badlands, et c'est pas mal loin d'ici. De toute manière, cet os est long, mais il n'est pas gigantesque. À mon avis, il provient d'un animal comme l'ours noir, le grizzly, le cerf, le caribou, le wapiti ou l'orignal.

— Je vais continuer de creuser, il y a sûrement des ossements aux alentours. Si on en rapporte plusieurs aux guides de l'auberge, ça leur sera plus facile de nous dire de quel animal il s'agit.

— Bonne idée, acquiesça Félix en s'asseyant sur un caillou rond en forme de pouf, à quelques mètres de leur site de fouille.

Léo enleva son chandail pour être à l'aise et poursuivit sa prospection. Les deux frères s'étaient vêtus de façon presque identique ce jour-là : un pull noir en laine polaire, un short qui arrivait sous les genoux et comportait une multitude de poches, et des chaussures de sport. Ils avaient emporté des habits plus légers dans un sac à dos qu'ils avaient laissé sur la plage, près des affaires de Juliette.

— Bingo ! s'écria soudain Léo. Viens voir ce que j'ai trouvé !

Félix se leva pour rejoindre son frère, occupé à nettoyer l'objet fraîchement déterré. Les yeux brillants, Léo lui tendit son nouveau trésor :

— C'est une vertèbre, non ?

— Ça ressemble à ça, lui répondit Félix, ébahi.

— Elle est assez grosse pour appartenir à un ours, non ?

Félix hocha la tête et sortit l'appareil photo de sa poche. Sans attendre, Léo continua ses fouilles et racla la terre avec rage. Après cinq minutes, il s'arrêta, ennuyé par quelque chose.

— Il n'y a pas beaucoup de place ici pour creuser, ronchonna-t-il. Les roches me gênent. Tu m'aides à en enlever une ?

— O.K.

Ils firent bouger une pierre, qui roula sur la pente, mettant à nu une petite superficie du terrain. Léo pouvait continuer de creuser. Félix alla se réinstaller sur son pouf en roche.

— Tiens, attrape ! dit Léo en lui lançant un objet.

Félix le saisit au vol. Il le nettoya et reconnut une autre vertèbre.

— J'ai trouvé un machin bizarre, ajouta Léo.

Il se leva et alla rejoindre Félix pour lui montrer un os plat et large en forme d'oreille géante, déterré à cinq centimètres de profondeur.

— C'est débile, dit Félix. Continue comme ça et tu vas le trouver, ton crâne d'ours !

— On dirait que le squelette est coincé là-dessous, lui expliqua Léo en lui montrant un rocher imposant qui pesait contre la pente. On va déblayer un peu et, après, je veux qu'on pousse ce rocher.

— Oui, chef.

Ils déposèrent leurs trésors osseux sur le pouf en pierre. Puis, ils déplacèrent le bois mort et les cailloux faisant obstacle à leur opération. Pour déloger le rocher, Félix et Léo durent s'asseoir dessus, côte à côte et dos à la pente, et exercer une poussée contre le sol avec leurs pieds. Leurs efforts furent récompensés. Le bloc de pierre en entraîna d'autres et roula jusqu'à s'immobiliser contre un arbre, en bordure du lac.

— Félix et Léo ! hurla Juliette. Ça va toujours, là-bas ?

Léo regarda Félix et grimaça en sortant ses dents comme s'il allait mordre. Il y avait à peine une heure qu'ils avaient quitté le groupe. Ils espéraient qu'on les laisserait tranquilles.

Félix décida de la rassurer pour de bon. Il courut en

direction de la plage et s'arrêta près de la cabane des toilettes. Il vit Juliette debout près d'une table de pique-nique, une raquette à la main.

— Tout va bien! lui cria-t-il.

— Nous allons commencer un mini-tournoi de badminton, ajouta-t-elle en l'apercevant. Vous venez jouer avec nous?

— Non, merci, déclara Félix en réfléchissant en vitesse à une excuse. On a vu des champignons et de super-beaux lichens.

— Bon, comme vous voulez, se contenta de répondre Juliette.

Félix revint sur ses pas, songeant à son explication peu brillante. Si elle avait enseigné les sciences naturelles ou la géographie plutôt que l'anglais, Juliette Desmarais aurait sans doute fait remarquer que les champignons sont rares en juillet et que les «super-beaux lichens» poussent surtout en altitude!

Lorsqu'il contourna le rocher à l'abri duquel son frère et lui menaient leur mystérieuse quête, une surprise l'attendait. Léo avait disparu.

5 . . . . LA GROTTE

Félix fut pris de panique. Il regarda de tous les côtés : nulle trace de son frère. Léo était parti !

— Léo ! appela-t-il. Où es-tu ?

— Je suis là !

La voix venait de l'endroit où ils avaient déplacé le rocher. Félix ajusta ses lunettes. Il entendit le son de grelots et vit le derrière de Léo. Son frère, à quatre pattes, s'était engagé dans un trou. Léo recula enfin pour sortir de sa drôle de cachette.

— Il y a une grotte ! s'exclama-t-il en secouant ses cheveux poussiéreux.

— Quoi ?

— Il y a une grotte. Le rocher qu'on a bougé dissimulait l'entrée d'une caverne. Il y a plein de débris d'os là-dedans !

Félix s'approcha avec prudence.

— Attention, c'est peut-être dangereux! lança-t-il en voyant Léo pénétrer de nouveau dans l'ouverture. Ça pourrait s'écrouler!

— Ne t'inquiète pas, je n'irai pas jusqu'au fond. Je vois des ossements qui dépassent de la terre et un drôle de truc.

Félix s'immobilisa aux abords de la grotte et s'accroupit pour contempler la nouvelle trouvaille de son frère. Elle formait un boyau de trois mètres de long. Son entrée, très étroite, allait en s'élargissant. Il était impossible de s'y tenir debout, sa hauteur n'excédant pas un mètre. La caverne sentait l'humidité. Sa surface était inclinée et pratiquement aussi lisse qu'une tablette de chocolat. Depuis le fond de la grotte jusqu'à son ouverture, la pente déclinait d'une trentaine de degrés.

— Tout va bien, là-bas? lança une voix féminine d'un ton moqueur.

Félix et Léo sursautèrent. Félix se retourna. Il avait reconnu la voix de Kim, mais il ne l'apercevait pas. Il se leva, et Léo sortit en vitesse de la grotte. Ils aperçurent les têtes de Kim et de François qui dépassaient de l'imposant rocher situé à une dizaine de mètres d'eux. Leurs amis venaient à leur rencontre.

— La prof nous a dit que vous étiez dans le coin, expliqua François.

— On revient de notre tour de kayak, dit Kim. C'était génial!

— Il n'a pas duré longtemps, marmonna Léo.

— Une heure et demie ou presque, c'est suffisant pour avoir mal aux bras...

— On vient vérifier si les grenouilles du lac Serpentine ne sont pas en train de vous avaler, ajouta François en rigolant.

— Qu'est-ce que vous fabriquez ? demanda Kim.

Félix et Léo suivirent son regard. Kim contemplait les os déterrés et posés sur le pouf en pierre. Elle étudia le sol de la forêt, qui semblait labouré par endroits.

— C'est quoi, ce chantier ? grommela François.

— Léo a repéré les ossements d'un animal et l'entrée d'une grotte, expliqua enfin Félix en montrant l'ouverture dans la pente.

— Ben ça alors...

Les yeux de François étaient ronds comme des billes. Kim prit entre ses mains le long os que Léo avait déterré.

— On dirait un fémur, dit-elle.

— Quoi ? fit Léo.

— Cet os ressemble au fémur d'un humain. C'est l'os le plus long de notre squelette. On en a deux ; ils sont situés à l'intérieur de chacune de nos cuisses. Regarde.

Kim s'empara de l'os et s'approcha de François. Elle colla l'os le long de sa jambe droite, le posant en biais, de sa hanche à son genou.

— Je reconnais cet os, ajouta-t-elle. Il s'emboîte dans la hanche. L'autre os que vous avez trouvé, le plat, je crois que c'est un morceau de bassin. On a étudié le squelette de l'homme à l'école, l'an dernier.

Félix et Léo se regardèrent, ahuris. Eux aussi avaient étudié le squelette à l'école, mais à aucun moment ils ne s'étaient imaginés être en présence d'ossements humains ! Ces os étaient beaucoup trop gros !

Léo s'avança pour regarder de nouveau l'os que tenait Kim.

— Non... ce n'est pas la taille d'un fémur humain, bredouilla-t-il.

— Je peux me tromper, ajouta Kim en replaçant l'objet où elle l'avait pris. C'est vrai que ce morceau de carcasse a l'air imposant.

— On pensait que c'était le squelette d'un ours ! s'affola Félix. Si c'est celui d'un humain, il ne faut plus y toucher !

— Ces ossements sont vieux, nota Kim. On dirait qu'ils sont fossilisés.

— Des fossiles ! ricana François. Après la carrière Walcott, la caverne Valois ! Venez observer les restes humains d'un meurtre commis au lac Serpentine !

— Ce n'est pas drôle, François, rétorqua Félix. Et puis, ce n'est pas parce que ce squelette est peut-être celui d'un homme qu'on est forcément en présence d'un assassinat. Il pourrait s'agir d'un randonneur qui s'est perdu ou d'une personne qui a été attaquée par un animal. En tout cas, il faut arrêter de fouiner dans le coin et prévenir les autres.

— Je suis d'accord, mais avant il faut que je retourne dans la grotte, déclara Léo en s'éloignant. J'ai vu un truc bizarre et coloré dépassant du sol.

Intrigués, Félix, Kim et François lui emboîtèrent le pas. Léo se mit à quatre pattes et entra de nouveau dans la caverne. François le suivit. Tous deux avancèrent dans le tunnel humide. Félix et Kim restèrent à proximité, en prenant soin de ne pas obstruer l'ouverture, car la lumière pénétrait difficilement dans les lieux. De temps en temps, ils jetaient un œil à l'intérieur. François grattait la terre du bout des doigts ; il paraissait avoir mis la main sur de petits morceaux d'os. Quant à Léo, il tentait de dégager une plaque brune et blanche étrange, dont un coin émergeait du sol.

— Qu'est-ce que c'est ? lui demanda Félix.

— Je l'ignore. Tu peux m'aider, François ?

Celui-ci rangea ses trouvailles dans sa poche et commença à creuser à l'endroit désigné par Léo. Félix repéra deux pierres plates sur les rives du lac Serpentine et les apporta aux explorateurs. Ces outils leur facilitèrent la tâche. Dix minutes s'écoulèrent avant que Léo et François déterrent le mystérieux objet.

— Wow, c'est un coffre ! s'exclama Kim.

6 . . . . JOSEPH

Léo et François sortirent le coffre de la grotte et le donnèrent à Félix. Puis, ils lavèrent leurs mains souillées de glaise et de boue séchée dans l'eau glacée du lac. Kim déposa sur le sol le fémur, les deux vertèbres et l'os en forme d'oreille. Félix s'installa sur le pouf en pierre et commença à nettoyer leur mystérieuse trouvaille à l'aide d'un mouchoir en papier.

Le coffre ressemblait à une boîte : il mesurait vingt centimètres de largeur et de hauteur, et trente de longueur. Au toucher, on pouvait sentir qu'il était en métal. D'après ce que Félix voyait, sa surface bosselée était peinte en brun et décorée de fines traces blanches. Il pesait lourd. Félix entendait des objets bouger à l'intérieur lorsqu'il le secouait. Il tenta de l'ouvrir.

— Le couvercle est coincé.

— Il ne faut pas l'abîmer, lui précisa Léo. Ce coffre pourrait valoir beaucoup.

— Je sais, je fais attention...

Félix essaya une dernière fois de l'ouvrir. Il le posa de biais contre son ventre, inséra ses ongles dans la rainure visible du couvercle et tira de toutes ses forces. En vain.

— Tiens, finis de le nettoyer, lui suggéra Léo en lui tendant un autre mouchoir. Peut-être que c'est la saleté qui obstrue l'ouverture.

— C'est fascinant, chuchota Kim en fixant leur trésor avec émerveillement.

— Faudrait quand même pas s'énerver le poil des jambes, lâcha François en déposant près des autres ossements les débris d'os qu'il venait de trouver dans la grotte. Ce machin est moche et ne date pas du Moyen-Âge !

— Regardez, il y a une inscription à l'arrière ! s'exclama Félix après avoir décollé les derniers morceaux de glaise accrochés à la boîte.

Les traces blanches sur le métal brun formaient des lettres et des chiffres écrits sur trois lignes. Léo, Kim et François entendirent Félix lire à haute voix :

G. JOSEPH
CANADIAN PACIFIC RAILWAY
1883

— Ouais, c'est bien ce que je disais, marmonna François. 1883, ce n'est pas le Moyen-Âge !

— Il me semble qu'on a déjà vu des boîtes de ce genre quand on est allés à Gatineau, l'an dernier, visiter le Musée canadien des civilisations, remarqua Léo.

— Tu as raison; ce sont de petits bagages ou de vieilles boîtes à *lunch*, dit Félix. Leurs propriétaires inscrivaient leur nom dessus.

Léo prit la boîte des mains de son frère pour l'étudier de plus près.

— Le Canadian Pacific, répéta-t-il, songeur.

— Le squelette est peut-être celui de ce gars, G. Joseph, passager du chemin de fer Canadian Pacific, qui parcourait le Canada d'est en ouest. En voulant explorer la région, cet homme se serait éloigné de la voie ferrée et égaré dans la forêt.

— Possible.

— Attends voir, rectifia Félix. En 1883, ce train ne passait pas encore sur le territoire du parc Yoho. Il ne transportait même pas de voyageurs, il me semble.

— C'est vrai, convint Léo avec une moue.

— Ah bon? s'étonna Kim.

— Oui. Quand on est arrivés dans le parc Yoho, l'autobus s'est arrêté sur le site des tunnels en spirale construits en 1909 sur le col Kicking Horse, expliqua Félix. Alexander nous a raconté que la première voie ferrée avait été construite en 1884 et que cela avait été toute une aventure, parce que la pente était superraide! Des milliers d'ouvriers de la compagnie Canadian Pacific ont travaillé sur ce chantier; il y a eu des morts, des trains ont déraillé... D'ailleurs, si je me souviens bien, c'est seulement en 1885 que le train a pu traverser le Canada.

À son tour, Léo tenta d'ouvrir la boîte mystérieuse, mais il n'y parvint pas. Le couvercle semblait soudé.

— Si Joseph était dans le coin en 1883 sans être un passager du train, dit-il, c'est qu'il était peut-être un ouvrier ou un responsable du chantier de construction de la voie ferrée.

— Bonne déduction, dit Félix. Plusieurs choses pourraient donc expliquer la présence de son squelette dans les bois : un accident survenu sur le chantier de construction, l'attaque d'un animal, le froid, une avalanche, une tempête qui a inondé la grotte où il s'est réfugié...

— À moins qu'on ait affaire à un meurtre, ajouta Léo.

— Allons sur la plage, proposa Félix en se levant. On montrera cette boîte aux autres et on essaiera de...

— David ! s'écria Kim.

Félix et Léo se retournèrent et aperçurent leur professeur de sciences qui se dirigeait vers eux. David Martin marchait d'un pas rapide, enjambant les racines enchevêtrées des sapins avec l'agilité d'un chat. C'était un sportif dans l'âme, qui pratiquait l'escalade et le football. Il les salua d'un geste de la main en leur adressant son plus beau sourire. Ses cheveux coupés ras faisaient ressortir la couleur cannelle de sa peau, qui lui venait de ses origines haïtiennes.

— Salut ! fit-il. J'arrive du lac Emerald. Vous avez manqué une belle occasion de faire du canot, vous savez. Cet endroit est vraiment splendide. Je suis revenu tôt pour prendre la navette et voir ce que vous fabriquiez au lac Serpentine. Félix et Léo, je ne sais pas ce que vous avez raconté à Juliette, mais elle est découragée. Elle prétend que vous n'avez pas bougé de l'aprèsmidi, préférant « faire des photos derrière les toilettes » à toute autre activité. Je lui ai dit de ne pas s'inquiéter. Ai-je eu raison ?

— Euh, oui ! bredouilla Léo, pris de court.

— Pourquoi restez-vous ici, sous les arbres ? s'étonna David.

— On a trouvé des trucs dans la forêt, expliqua Félix, un peu anxieux.

— Ah oui ?

David s'approcha de Léo. Il remarqua l'objet qu'il tenait dans ses bras et fronça les sourcils.

7. LA BOÎTE

— Qu'est-ce que c'est, Léo ? demanda David en pointant son index vers la boîte.

David Martin était un enseignant formidable et dynamique. Félix et Léo avaient l'habitude de discuter avec lui ; il leur était même d'une aide précieuse pour leur site *ENIGMAE*. Mais tout le monde savait à l'école que David n'appréciait pas que ses élèves lui fassent des cachotteries, encore moins qu'ils commettent des bêtises... Ses colères étaient rares, mais jamais feintes. Heureusement, David paraissait plus intrigué que fâché, car il connaissait l'intérêt de Félix et de Léo pour les mystères. Les garçons durent lui exposer les faits le plus clairement possible pour dissiper tout malentendu.

— On vient de découvrir ce coffre dans une grotte ; on allait justement le porter à Juliette et à Tom pour qu'ils l'examinent, lui expliqua Félix.

— D'après l'inscription, cette boîte aurait appartenu à un certain G. Joseph, ajouta Léo avec enthousiasme.

On pense qu'il s'agit d'un homme qui travaillait sur le chantier de construction de la voie ferrée de la compagnie Canadian Pacific dans les années 1880.

— Vous savez qu'on n'est pas censé toucher aux objets trouvés dans les parcs, déclara David sans élever la voix. Ce contenant pourrait renfermer des matières dangereuses. S'il a appartenu à un ouvrier de la construction, il aurait même pu être rempli de dynamite et vous exploser dans les mains.

Félix se sentit défaillir, mais ne bougea pas d'un millimètre. À ses côtés, Léo, Kim et François retenaient leur souffle. Personne n'avait pensé à une telle éventualité ! De la dynamite ! Cela pouvait justifier le poids singulier de la boîte !

— Les ouvriers ont utilisé beaucoup de nitroglycérine — un explosif liquide très sensible — pour dégager les rochers qui obstruaient le passage de la voie ferrée, expliqua David.

— On a fait très attention, mentit Léo. Et on n'a pas ouvert le coffre.

— C'est quoi, tous ces os ? s'étonna David en apercevant tous les morceaux qui jonchaient le sol de la forêt.

Félix sentit une bouffée de chaleur l'envahir. Il expliqua d'une voix vacillante :

— Léo et moi, on a d'abord trouvé quelques os d'animaux. Léo était sûr qu'il s'agissait des os d'un ours. On a alors creusé la terre pour en recueillir d'autres et essayer de reconnaître l'animal dont c'était le squelette.

C'est en cherchant qu'on a fini par découvrir l'entrée de la grotte et la boîte qui y était enterrée. Mais, d'après Kim, ces os pourraient être ceux d'un humain…

David s'approcha pour examiner le fémur, l'os en forme d'oreille, les débris d'os et les deux vertèbres. Il grimaça.

— Je crois que Kim a raison.

— On ne le savait pas, sinon on n'y aurait jamais touché! assura Léo.

— Je m'en doute bien.

David semblait le croire sur parole. Il poussa un long soupir, puis il alla jeter un coup d'œil dans la grotte, avant de revenir auprès des jeunes.

— Passe-moi cette boîte, Léo, je vais essayer de voir ce que c'est.

D'un geste prudent, Léo la transmit à David.

— C'est lourd! dit-il. Vous ne l'avez pas secouée, au moins?

— Non, lui répondit Félix du bout des lèvres.

François lui glissa un clin d'œil complice, qu'il fit mine de ne pas remarquer.

David étudia l'objet sous toutes ses coutures. Il y colla son oreille, lut l'inscription en lettres blanches. Puis, il inspecta rapidement la rainure de l'ouverture. Il parut rassuré: cet objet ne constituait pas un danger.

— Cette boîte en métal a reçu de sacrés chocs, constata-t-il. Il faut tenter de la décabosser pour décoincer son couvercle, sinon on ne réussira jamais à l'ouvrir.

David s'avança vers le tronc d'arbre le plus proche. Il lui fallait un point d'appui. Il pressa la boîte contre l'écorce avec autant de force que de délicatesse pour ne pas l'abîmer davantage. Il répéta l'opération sur toutes les facettes de l'objet afin de le débosseler et de lui rendre sa forme quasi originale. L'exercice dura trois minutes. David plaqua ensuite l'objet contre son abdomen. De sa main gauche, il agrippa la base, et de la droite, le couvercle, puis il tira d'un coup sec. Bingo! David dut redresser la boîte en vitesse afin que son contenu ne s'échappe pas sur le sol humide de la forêt. Il lança un coup d'œil rapide à l'intérieur, puis abaissa le couvercle sans le fermer.

— Alors? s'impatienta Félix.

Sans dire un mot, David regarda autour de lui. Il s'avança vers le pouf en pierre qu'affectionnait Félix et y déposa la boîte mystérieuse.

— Installons-nous ici, proposa-t-il d'une voix qui trahissait son exaltation.

Sous le regard attentif des quatre jeunes, il releva le couvercle.

— Wow! s'exclama Kim.

— C'est... c'est complètement débile, bredouilla Félix.

Léo était bouche bée. François, qui n'avait cessé de dénigrer leur découverte depuis le début, demeurait figé, les bras ballants, tétanisé comme s'il venait d'apercevoir un grizzly.

Plusieurs objets s'entassaient pêle-mêle dans la boîte : on pouvait voir un revolver, une montre magnifique, des feuilles de papier jaunies et un sac en tissu qui semblait lourdement chargé.

Sous les yeux émerveillés de tous, David prit le revolver entre ses mains. C'était une arme de poche. D'après les rayures sur le métal, elle avait dû servir à de nombreuses reprises...

Sur son canon, on pouvait lire «C. S. SHATTUCK HATFIELD MASS». La date de son brevet était gravée: 4 novembre 1879. David vérifia que le revolver n'était pas chargé et fit tourner le barillet délicatement entre ses doigts.

— Cette arme pouvait tirer cinq coups, expliqua-t-il.

— Qu'est-ce que c'est?

Léo pointait son index vers une des plaquettes de la crosse. David approcha son visage de l'objet. Ses lunettes touchaient presque le canon.

— Des décorations, répondit-il. Ce sont les portraits en relief d'Abraham Lincoln et de James A. Garfield, deux anciens présidents des États-Unis. Leur nom y est inscrit.

David replaça le revolver dans la boîte et prit la montre.

— C'est une montre à gousset, déclara Félix avec fierté.

Elle était ronde et large. Son diamètre dépassait cinq centimètres. David ouvrit le boîtier. Les aiguilles étaient fines, et les chiffres, élégants. Il n'y avait aucune photographie à l'intérieur. Il referma la montre et la frotta avec soin contre son chandail. L'opération lui redonna son éclat et la fit briller comme un bijou. Kim poussa un cri d'admiration.

— Cette montre est en or ? voulut savoir François, stupéfait.

— C'est possible, murmura David en la tournant dans tous les sens. Il y a un nom à l'arrière : Colin H. Young.

David la déposa dans la boîte et s'empara du sac en tissu. Il plongea la main à l'intérieur et en ressortit un objet d'une couleur indéfinissable, de la taille d'une barre de chocolat. Il le frotta contre lui, sur tous les côtés, comme il l'avait fait avec la montre.

— Ce sont des... des... anciens lingots d'or ! bafouilla David, incrédule.

Félix, Léo, Kim et François se dévisagèrent, ahuris. David passa le lingot à Léo et en frotta un second contre la laine de son pull pour l'étudier.

— Ces trois lingots sont numérotés, ajouta-t-il avec entrain. Leur poids est d'une livre, c'est indiqué. Regardez, on a gravé « SAN FRANCISCO, 1854 ».

— On a trouvé de l'or... s'émerveilla Léo en donnant le lingot à son frère.

— C'est débile ! lança Félix.

— Ils datent de la ruée vers l'or qui s'est déroulée en Californie, devina David.

À leur tour, Kim et François soupesèrent le trésor. La barre d'or brillait d'un éclat jaune paille. Elle étincelait avec douceur, sans agressivité ni ostentation.

— Et ce n'est pas fini, poursuivit David en replongeant la main dans le sac. Il y a autre chose. Des cailloux avec une feuille, je crois.

David les sentait glisser entre ses doigts et les sortit enfin à l'air libre. Il s'agissait de deux pépites d'or, aussi grosses que des noisettes ! Devant tous, il déplia le papier accompagnant ce précieux chargement et parcourut des yeux la dizaine de lignes rédigées à l'encre noire.

— Est-ce que tu peux nous traduire ce qui est écrit, David ? demanda Léo, qui ne parvenait pas à déchiffrer le texte, écrit dans la langue de Shakespeare.

— D'après ce que je comprends, c'est la note manuscrite d'un juge, qui certifie que ces pépites appartiennent à deux individus : Luke MacAllan et Ti-Khuan Wu. Elle est datée du mois d'avril 1884. La signature de ce magistrat est illisible ; on dirait Morgon ou Juorgon.

— Pour le moment, il n'y a aucun nom ni aucune date concordant avec notre bonhomme, remarqua Félix.

— Quel bonhomme ? s'étonna Kim.

— Eh bien ! G. Joseph, celui à qui cette boîte appartient et dont on a peut-être repéré le squelette, lui répondit-il.

— C'est vrai, je l'avais oublié, celui-là ! lança Kim en jetant un œil vers le paquet d'os.

— Ne tirez pas de conclusions hâtives, il reste des objets dans la boîte, intervint David en vérifiant l'heure à sa montre. On va vite finir de regarder ça. Après, il faudra prévenir les gens du parc de votre découverte, et ce sera moins drôle.

— Pourquoi? lui demanda Léo.

— As-tu vu dans quel état vous avez mis ce squelette?

— C'est quand même pas nous qui avons tué le gars! protesta François.

— Ce n'est pas ce que j'ai voulu dire, rectifia David.

— On croyait qu'on avait affaire à une carcasse de grizzly, lui réexpliqua Léo.

Félix vint à sa rescousse:

— De toute façon, rien ne nous prouve avec certitude qu'il s'agit d'un squelette humain.

— Et si c'était le cas, ajouta Kim, un peu vexée qu'on mette son expertise en doute, l'important, c'est la boîte et ce qu'il y a à l'intérieur, non?

— Exactement! s'emporta François. Il ne faut pas oublier que Félix et Léo ont trouvé des lingots d'or! Ils mériteraient d'en recevoir un morceau!

David les regarda en lâchant un long soupir.

— Bon, passons, dit-il. Examinons les papiers rapidement.

David s'empara du tas de feuilles jaunies reposant au fond du petit coffre en métal. Au total, quatre documents étaient pliés. Trois d'entre eux présentaient les mêmes caractéristiques. Le papier avait l'épaisseur et la texture du carton. David les déploya.

Il s'agissait de trois croquis en couleur évoquant des scènes de la vie quotidienne dans les Rocheuses.

On y entrevoyait une falaise en été, avec un cours d'eau, des chariots, des hommes et des chevaux. On reconnaissait la même falaise sur les trois croquis ; sur ceux-ci, une croix était tracée à un endroit précis de l'escarpement, près d'un nom écrit en majuscule, « HORSELITTLE ».

Des tâches de moisissure piquetaient les dessins. Des notes rédigées en anglais au crayon étaient visibles, mais indéchiffrables.

Les coups de crayon étaient sûrs, et les perspectives choisies pour montrer le paysage, magnifiques. Une tendresse se dégageait des personnages, hommes et bêtes, tous d'une exceptionnelle vivacité. L'ensemble, une sorte de bande dessinée des temps anciens, témoignait des talents indéniables de l'artiste.

— Qu'est-ce que c'est, d'après toi ? demanda Félix à David, brisant le silence qui s'était installé dans le groupe.

— Je n'en ai pas la moindre idée !

— Et le dernier document ? s'impatienta François, tandis que Kim et Léo s'extasiaient sur les œuvres.

David rangea les croquis dans la boîte afin de ne pas les abîmer. Ils n'avaient pas été exposés à l'air depuis longtemps, ce qui expliquait sans doute leur bon état de préservation. Ce n'est qu'ensuite qu'il déploya le quatrième morceau de papier jauni, dont l'apparence chiffonnée indiquait qu'il avait été manipulé sans égards.

— C'est une lettre, déclara-t-il, et elle est rédigée en français !

— En français ? répéta Léo, au comble de la surprise.

— Oui. Quelqu'un l'a traduite en anglais, dans la marge. Je vous la lis.

8 . . . . UNE LETTRE

Barkerville, le 3 octobre 1862

Ma très chère Catherine,

Je profite de la pluie abondante qui s'abat sur la vallée depuis six jours et rend le travail à la batée impossible pour venir en ville et rédiger cette lettre. Dieu seul sait quand tu la recevras...

Pardonne-moi de ne pas t'avoir écrit depuis mon départ, ce printemps. J'attendais d'être installé pour te raconter mon voyage et te transmettre de bonnes nouvelles.

Comme prévu, j'ai rejoint les cent cinquante colons, et nous avons mis le cap sur la Colombie-Britannique, à la manière des coureurs des bois. Ce sont les frères Thomas et Robert McMicking du canton de Stamford, comté de Welland en Ontario, qui ont dirigé notre groupe. Nous avons pris le bateau et le chemin de fer américain, de Toronto à Saint Paul, au Minnesota, puis nous avons descendu, en bateau à vapeur, la rivière Rouge jusqu'à Fort

Garry. Nous sommes repartis au début de juin avec des charrettes et des bœufs pour traverser les Prairies. La pluie nous a causé bien des embêtements pendant notre voyage. Nous avons dû construire des ponts avec des troncs pour enjamber rivières et marécages.

À Fort Edmonton, nous avons pu nous reposer un peu. Nous avons aussi échangé la plupart de nos bœufs contre des chevaux et des « travois ». C'est le mot qu'on donne à des sortes de remorques formées de deux perches traînantes chargées d'une caisse en bois. Grâce aux guides amérindiens, nous avons pu franchir les montagnes. Me croiras-tu, ma Catou, si je te dis que les quelques bœufs que nous avons gardés en notre compagnie pour la traversée des Rocheuses nous ont sauvé la vie ? En septembre, alors que le froid nous assaillait et que la neige commençait à tomber sur la montagne, nous les avons tués pour pouvoir manger. Nous avons aussi dû abattre les chevaux et nous servir de leur peau pour réparer nos souliers et nous confectionner des mitaines.

Mon cher ami, artiste et compagnon de voyage Hind et moi-même avons échappé à la mort au cours de la traversée d'un rapide sur un radeau de fortune. Lors de cette terrible aventure, deux hommes se sont noyés. Hind et moi avons sauvé la vie à un guide amérindien qui était tombé à l'eau. Pour nous remercier, le brave homme — un chef connu de la région et le père de neuf enfants —, nous a confié un secret. Dans un lieu au cœur des Rocheuses, que Hind et moi avons rebaptisé Horselittle, une falaise abrite une grotte dont les murs étincellent. Est-ce de l'argent ou de l'or ? Hind et moi l'ignorons. Nous nous sommes promis d'aller examiner la chose par nous-mêmes dès le retour des beaux jours, au printemps prochain.

Ce voyage a été fort cruel et nous avons perdu bon nombre de compagnons en raison du climat, de la rudesse des pentes, des précipices, des chiens sauvages, des insectes, des ours, des maladies, des torrents, des ponts incertains et des rivières aux eaux tumultueuses... Sans compter les voleurs et les charlatans qui souhaitaient profiter de nos biens et de notre méconnaissance du territoire.

Je te l'avoue avec grande tristesse, ma Catou : notre groupe a parcouru près de cinq mille kilomètres depuis son départ de Toronto, mais peu d'entre nous ont eu la chance d'atteindre les ruisseaux aurifères de Cariboo...

Sache que, malgré tout, le moral est bon. Je me suis lié d'amitié avec mon voisin, Henry Young, qui possède la concession minière en aval de la mienne, sur le ruisseau Lowhee. C'est un gars sérieux, travailleur et courageux. Il est venu par la Cariboo Trail depuis Victoria, où vivent sa femme et son fils. Le soir, il me rejoint parfois dans ma cabane, et nous passons des heures à souffler dans des assiettes remplies de sable noir pour récupérer de la poudre d'or. Ce travail fastidieux est moins accablant en présence d'un ami.

Ici, la vie est difficile et chère. Le beurre se vend cinq dollars, et la livre de farine, deux dollars ! J'ai pu toutefois me racheter des vêtements. Les miens tombaient en lambeaux.

Rassure-toi, l'exploration des graviers du Lowhee va bon train. Il y a une semaine, j'ai repéré de nombreuses paillettes et, en une seule journée, cinq pépites grosses comme le grain de beauté que tu portes au creux des reins...

Ma Catou, tu me manques cruellement. J'espère trouver assez d'or pour revenir auprès de toi dès l'été prochain.

En attendant ta lettre (écris-moi à Barkerville), je t'embrasse de mille baisers d'amour,

Ton Normand

9 . . . . LES NOTES

— Horselittle! s'exclama Léo. C'est le nom écrit sur les trois dessins!

— Qui est cette Catou? s'étonna François.

Sa question demeura sans réponse, car ils ignoraient tout des personnages évoqués dans cette lettre.

— Bon, soupira David en rangeant les documents dans la boîte. Je ne sais pas ce que signifie cette histoire, mais le moment de partager ces trésors avec les responsables du parc est venu.

— Qu'est-ce qu'on fait, alors? lui demanda Félix.

— D'abord, vous allez mettre tous les os à l'abri dans la grotte. Ensuite, nous irons sur la plage. C'est évident que nous garderons le coffre avec nous. Une fois à l'auberge, je tâcherai de prévenir les bonnes personnes. Félix et Léo, puisque vous êtes à l'origine de cette affaire, je vous demanderai de m'aider et de rester à ma disposition pour répondre aux questions qu'on nous posera. Vous devrez sans doute fournir des explications.

— D'accord.

Félix avait répondu sur un ton qui trahissait son anxiété. Son frère et lui avaient déjà décrit à David les circonstances de leur découverte; ils n'auraient rien de plus à expliquer si quelqu'un d'autre les interrogeait!

***

Le retour en navette du lac Serpentine à l'auberge Jack Point fut mouvementé. Juliette Desmarais, qui avait passé l'après-midi à discuter avec le moniteur de kayak et à jouer au badminton, voulut tout savoir: ce que Félix et Léo Valois avaient fabriqué dans la forêt, la provenance du coffre étrange que David serrait contre lui comme si sa vie en dépendait, le contenu de cette boîte, etc. Ses questions tombaient en cascade, aussi brutalement que les eaux des chutes Takakkaw! Ne souhaitant pas exacerber les passions, David tenta de la calmer en répondant de façon évasive.

À leur arrivée à l'auberge, Félix et Léo suivirent David, qui demanda à rencontrer la directrice de l'établissement. Kenneth Dafoe et Alexander Wilson se joignirent à la réunion spéciale, qui se déroula dans le bureau de la direction.

Les garçons expliquèrent de nouveau comment ils avaient repéré les ossements, puis la grotte et la boîte en métal ayant appartenu à un certain G. Joseph. La directrice ouvrit celle-ci et détailla son contenu avec émerveillement, avant de placer le tout dans le coffre-fort de l'auberge. Puis, elle appela un agent de la police locale pour lui exposer la situation. Il fut décidé qu'un expert judiciaire viendrait le plus tôt possible procéder à des analyses pour évaluer l'état du squelette et estimer la date de la mort s'il s'agissait de restes humains. Le policier confirma qu'aucune disparition n'avait été signalée dans la région depuis fort longtemps. Dans le cas d'ossements humains très anciens, la charge de l'enquête reviendrait aux archéologues du parc Yoho. On organisa pour le lendemain la venue d'un officiel qui escorterait l'or jusqu'à la banque, ainsi qu'une expédition au lac Serpentine avec la police. Bien entendu, David, Félix et Léo étaient tenus de se joindre à cette opération.

Ce n'est qu'après le souper, dans un des dortoirs désertés — réservés aux garçons —, que Félix, Léo, Kim et François purent se retrouver pour parler de leur aventure. Leurs camarades étaient descendus dans la salle de jeux de l'auberge, où se tenait une soirée cinéma. La directrice de l'auberge leur avait demandé de ne pas trop ébruiter l'affaire, jusqu'à l'examen des os et du coffre par des spécialistes. L'événement ne tarderait toutefois pas à être connu, tant dans la région qu'au sein de leur groupe. Le programme de leur voyage prévoyait pour le lendemain une activité spéciale sur les fossiles et une promenade en autobus jusqu'au lac O'Hara ; l'absence de Félix et de Léo ne manquerait pas d'intriguer les participants.

Félix, Léo, Kim et François s'assirent sur les lits du dortoir. Félix fouilla dans sa poche et en sortit une serviette de table en papier.

— Qu'est-ce que c'est ? lui demanda Kim, intriguée.

— J'ai pris des notes avant le repas.

Félix déplia la serviette et l'étala devant lui. Il avait consacré beaucoup d'efforts au rassemblement de ses idées et à la rédaction de son document, qui ressemblait de loin à un gribouillis.

— Mon frère est malin, expliqua Léo avec fierté. Personne n'a photographié les objets qui étaient dans la grotte, et maintenant, à part les os, ils sont tous dans le coffre-fort de l'auberge ! Or, si on veut mener notre enquête sur ce Joseph, il faut qu'on se souvienne des objets, des noms, des dates… de tout ce qu'il y avait dans la boîte en métal. Pour éviter que ces données s'emmêlent ou disparaissent de notre cerveau, Félix les a notées.

— Pas bête, dit Kim.

— Tu te souvenais de tout ? demanda François, impressionné.

— Plus ou moins, répondit Félix. Léo m'a aidé, mais on a sûrement oublié des détails.

Sur ce, Félix se mit à lire son inventaire :

TROUVÉS PRÈS ET DANS LA GROTTE DU LAC SERPENTINE :

— <u>des ossements vieux et gros</u> : 1 long os d'environ 40 cm (fémur ?), deux vertèbres, 1 gros os plat, des débris d'os. Ce sont les restes d'un humain ou d'un grand mammifère (ours ?) ?

TROUVÉE DANS LA GROTTE :

— <u>1 boîte en métal brun, avec l'inscription :</u>

G. JOSEPH
CANADIAN PACIFIC RAILWAY
1883

TROUVÉS DANS LA BOÎTE EN MÉTAL BRUN :

— <u>1 minirevolver américain</u> de marque ? (nom compliqué), datant de novembre 1879 (tirant 5 coups) et orné du portrait de 2 anciens présidents des États-Unis (noms ?)

— <u>1 montre à gousset en or</u>, avec l'inscription : COLIN H. YOUNG

— <u>3 anciens lingots d'or</u> pesant 1 livre chacun, numérotés et portant l'inscription SAN FRANCISCO, 1854 (d'après David, ils pourraient dater de la ruée vers l'or de Californie)

— <u>2 pépites d'or avec 1 note</u> de 1884 signée par un juge (nom illisible : Juorgonne ?), qui explique que les 2 pépites appartiennent à 2 individus (Luc MacAllan et Tikuan Wu ? orthographe ?)

— <u>3 beaux dessins</u> en couleur faits sur du papier épais, et représentant un paysage des Rocheuses, des hommes et des chevaux, et SUR LES 3 DESSINS, 1 croix marquée au crayon à un endroit précis de la falaise, ainsi que le nom HORSELITTLE

— <u>1 lettre manuscrite rédigée en français</u> (traduite en anglais dans la marge) et datée d'octobre 1862. Écrite par un certain NORMAND à une CATHERINE, appelée aussi CATOU. Normand explique son voyage de l'Ontario (?) jusqu'à Cariboo, où il est venu chercher de l'or avec d'autres hommes (parce que c'est un chercheur d'or). Il parle des difficultés du voyage et d'un ami (nom : HIND) avec lequel il a sauvé la vie d'un Amérindien (un chef connu). En échange, l'Amérindien leur a donné le nom et l'emplacement exact d'un lieu dans les Rocheuses où il y aurait beaucoup d'or ou d'argent. Normand et Hind ont appelé ce lieu HORSELITTLE. Les deux amis se sont promis d'aller vérifier un jour les affirmations de l'Amérindien (au printemps prochain, 1863 ?). Dans la lettre, Normand précise qu'il s'est fait un ami, HENRY YOUNG, qui est son voisin et qui cherche de l'or dans le même ruisseau que lui (nom ? LOWEE ?). Normand écrit aussi qu'il a trouvé beaucoup de pépites et que, le soir, Young et lui soufflent sur du sable noir pour récupérer de la poudre d'or. Il dit à Catou qu'il pense revenir près d'elle l'été prochain.

— Voilà, déclara Félix. C'est tout.

— Félicitations ! s'exclama Kim, admirative. C'est de l'excellent travail !

— Oui, mais vous avez oublié de noter le grain de beauté que Catou a dans le bas des reins, constata François avec ironie.

— Il faut comprendre ce qui s'est passé dans cette grotte, enchaîna Léo sans relever la remarque de leur ami. Récapitulons. La boîte en métal appartient à G. Joseph, un gars venu dans l'Ouest pour travailler à la construction du chemin de fer transcanadien, vers 1883. Selon Kenneth, il n'y a pas de doute : ce coffre est la caisse à outils d'un ouvrier de la compagnie Canadian Pacific.

— Il faut procéder avec logique, intervint Félix, qui ne souhaitait oublier aucune piste. Première hypothèse : imaginons que les os trouvés dans la forêt soient ceux de Joseph. On peut essayer d'établir le rapport entre cet homme et les objets contenus dans la caisse à outils.

— Le revolver américain date de 1879, avança Léo en vérifiant les dates écrites sur le document de Félix. Les lingots ont été fabriqués en 1854. Le document signé par le juge a été rédigé en 1884, ce qui signifie que Joseph est forcément mort après cette date.

— On peut supposer que Joseph connaissait Young, puisqu'il possédait sa montre, remarqua Kim.

— Oui, acquiesça Félix. Young semble être un personnage important dans cette histoire, parce que la lettre de Normand y fait aussi allusion.

— Dans la lettre, on parle d'un Henry Young, alors que c'est le nom Colin H. Young qui est gravé sur la montre, rectifia Kim.

— Tu as raison, soupira Léo, qui avait oublié ce détail.

— Ce qui m'intrigue, c'est Horselittle, déclara Félix, les yeux brillants. Joseph était en possession d'une lettre et de dessins qui y font allusion. Il était peut-être parti dans la montagne pour trouver la mine d'or ou d'argent que Normand mentionne dans sa lettre. Il est probable que Joseph est venu jusqu'ici, sur les rives du lac Serpentine, parce qu'il pensait que Horselittle était à côté. Nous ne sommes pas loin du col Kicking Horse, que traversait la voie ferrée du Canadian Pacific. Horselittle, Kicking Horse, les deux noms se ressemblent... Young et Hind se seraient inspirés de l'un pour inventer l'autre. Je m'en veux de ne pas avoir photographié ces trois dessins ! On aurait pu les examiner à fond et, qui sait, continuer nos recherches à propos de cette croix sur la falaise !

— Tu ne pouvais pas prendre de photos, Félix, le réconforta Kim. David ne t'aurait jamais laissé faire ; et puis, tu n'en avais pas le temps.

— J'ai quand même des clichés des os, de la grotte et de la boîte, se consola-t-il.

— Moi, ce qui m'intrigue encore plus, intervint Léo, c'est que ce Joseph possédait une lettre qui ne lui était pas destinée, ainsi qu'une montre en or et deux pépites qui ne lui appartenaient pas.

— Parce que c'était un voleur, lâcha François.

Léo et Kim le regardèrent comme s'il avait proféré une grossièreté. Félix jeta un coup d'œil à ses notes et y ajouta quelques mots.

— C'est possible, convint-il. Maintenant, passons à la deuxième hypothèse : imaginons que le squelette ne soit pas celui de Joseph, mais plutôt celui de Young. Cela expliquerait pourquoi la montre est dans la boîte.

— Young était le voisin de Normand en 1862, lorsqu'il cherchait de l'or dans le ruisseau Machin, nota Kim. Il aurait très bien pu se retrouver en possession de la lettre que Normand destinait à sa femme, Catou. Supposons que Normand soit mort avant d'avoir posté la lettre et que Young ait hérité de ses affaires.

— Pas mal comme idée, jugea Léo. Young habitait Victoria, en Colombie-Britannique. Il pouvait donc posséder un revolver américain et des lingots de Californie.

— En plus, Normand aurait pu lui parler de son ami, l'artiste Hind, et de Horselittle, ajouta Félix. Comme dit Kim, Young et Normand étaient voisins et amis. Normand a pu lui confier son secret à propos de Horselittle et lui transmettre les dessins avec la croix sur la falaise.

— Il y a une autre possibilité ! s'exclama Léo avec entrain. Young a volé son voisin ! Il s'est emparé de ses affaires, il a dérobé la lettre destinée à Catou et l'a fait traduire en pensant qu'elle contenait des précisions à propos de Horselittle.

— Dans les deux cas, on peut deviner que Young est venu ici pour repérer la mystérieuse mine de Horselittle, conclut Félix.

— En revanche, commença Kim, l'air embarrassé, qu'est-ce qui pourrait expliquer le fait que Young possédait les deux pépites de Luc MacAllan et de Tikuan Wu, ainsi que la boîte en métal de Joseph ?

Le silence régna quelques instants dans le dortoir.

— C'était un voleur, déclara François sans broncher, parce que ni les pépites ni la boîte ne lui appartenaient.

— Bon, soupira Félix. Ma troisième hypothèse est la suivante : les objets de cette boîte appartiennent à Luc MacAllan ou à Tikuan Wu, propriétaires des pépites. Et les os sont ceux de l'un ou de l'autre, ou des deux.

— Pourquoi pas au juge, tant qu'à faire ! lança Léo, soudain las. On ne s'en sortira pas, Félix. À chaque fois, on se heurtera au même problème : il y a un gars dont le squelette est dans la forêt ; si la boîte lui appartient, ça signifie qu'elle contient des objets probablement volés... À moins que tous ces gens soient des amis ou les membres d'une seule famille, mais j'ai des doutes !

— « Il y a un gars, il y a un gars », répéta Kim en protestant. Qui nous dit que ce squelette n'est pas celui d'une fille ou d'une femme ?

Félix, Léo et François se tournèrent vers elle, l'air découragé. Elle avait raison. Pas une minute ils n'avaient pensé à cette éventualité. Félix reprit son stylo pour ajouter une note dans son document.

— C'est une autre hypothèse valable, admit-il.

— Bon, ne le prenez pas mal, mais je vais me coucher, lâcha Kim en se levant.

— On a réservé le poste Internet de l'auberge pendant une heure, demain matin, pour mener des recherches, lui annonça Léo en bâillant.

— Super. Et bonne chance avec la police !

— Merci, lui répondit Félix en rangeant ses affaires. On vous préviendra si on a du nouveau.

— D'accord, Sherlock, conclut François. Et n'oubliez pas de concentrer votre enquête sur les bonnes questions, mon cher. Ce qui nous intéresse, nous, ce n'est pas de savoir comment un organisme vertébré s'est transformé en un paquet d'os dans la forêt, mais si la mine d'or ou d'argent qui pourrait nous rendre millionnaires se situe bel et bien dans les parages !

10. . . . . **LE LAC SERPENTINE**

L'expédition fut remise à l'après-midi en raison d'une réunion importante qui se tint le matin dans le bureau de la direction de l'auberge. Elle rassembla trois policiers, un expert judiciaire, un haut responsable du parc et les deux archéologues du parc Yoho, Felicia Lewis et Ben Bergson. Ces derniers examinèrent en long et en large les objets contenus dans la boîte de Joseph. Ils avaient apporté leur ordinateur et ils naviguèrent dans des banques de données spéciales pour trouver des indices et repérer des pistes. Les agents de la Gendarmerie royale du Canada entreprirent de nombreuses démarches pour assurer le transport de l'or jusqu'à un établissement approprié.

Après être allé étudier les ossements sur place, l'expert judiciaire confia les fouilles aux archéologues. Après avoir analysé les os, il en était arrivé à la conclusion que la mort était très ancienne, et les effectifs de la police, trop restreints pour se charger de cette enquête.

Félix et Léo attendirent patiemment, manquant les activités matinales de leur groupe. Avant de partir en direction du lac O'Hara avec les autres élèves, Kim et François avaient été interrogés à titre d'observateurs par le sergent Lean, sous-officier de la Gendarmerie royale du Canada. Les frères consacrèrent ce temps d'attente à l'approfondissement de leurs recherches dans Internet. Félix retranscrivit le gribouillis de sa serviette de table sur un carnet acheté à la boutique de l'auberge, dont la couverture à l'effigie des schistes argileux de Burgess lui rappelait les fossiles d'*Anomalocaris* observés dans la carrière Walcott. Que cette expédition lui paraissait lointaine !

***

Le groupe longeait la plage du lac Serpentine et s'apprêtait à enjamber le ruisseau. Ses membres, au nombre de huit, se suivaient à la queue leu leu : Félix et Léo Valois, David Martin, le sergent Lean, Kenneth Dafoe et Alexander Wilson, ainsi que les deux archéologues du parc Yoho, Felicia et Ben.

— Le policier et les archéologues ne parlent pas français ; Kenneth et moi vous servirons d'interprètes, d'accord ? dit Alexander aux deux garçons alors qu'ils approchaient de la grotte.

— D'accord, répondit Félix, qui vit David hocher la tête.

David se débrouillait en anglais, mais il était loin d'être bilingue.

Le sergent Lean demanda aux frères Valois d'expliquer les circonstances et les lieux exacts de leur découverte. Félix et Léo se plièrent à l'exercice. Cette fois serait sans doute la dernière... Ils indiquèrent l'endroit où ils avaient déterré le fémur, les deux vertèbres, l'os en forme d'oreille géante, les débris d'os et la caisse à outils de Joseph. Lean discuta avec Kenneth et Alexander, puis celui-ci s'adressa à Félix et à Léo :

— Le sergent désire savoir lequel de vous deux a ouvert la boîte.

— C'est moi qui l'ai ouverte, intervint David.

— Cela signifie que, à aucun moment, les enfants n'ont été seuls avec son contenu? lui demanda Alexander.

— Effectivement, répondit David. Le couvercle de la boîte était coincé, et c'est moi qui ai décabossé le métal pour qu'on puisse le soulever. Ensuite, cette boîte et son contenu ne m'ont plus jamais quitté jusqu'à leur dépôt dans le coffre-fort de l'auberge, en présence de la directrice de l'établissement. Juliette Desmarais pourra vous le confirmer.

Alexander traduisit les propos de David au sergent Lean, qui parut fort satisfait. Sur ces entrefaites, Felicia et Ben, les archéologues du parc, sortirent de la grotte qu'ils venaient d'explorer et de photographier sous tous les angles. Ils prirent la parole. Au ton de leur voix, on comprenait qu'ils étaient mécontents.

— Euh... fit Alexander en se tournant d'un air embarrassé vers Félix, Léo et David. Il semblerait que vous n'ayez pas été très soigneux. Les chercheurs viennent d'expliquer que les os ont été cassés, et que la terre a été grattée et creusée n'importe comment. En fait, vous n'auriez jamais dû toucher à ces os ni déterrer le coffre. Vous auriez dû prévenir les autorités du parc immédiatement pour qu'elles viennent effectuer les fouilles elles-mêmes. Vous n'étiez pas autorisés à exécuter ce type de prospection. Vous pourriez devoir vous acquitter d'une grosse amende.

Tous les regards convergèrent vers le trio délinquant. Cinq secondes s'écoulèrent dans un silence total. Félix jeta un œil vers le lac ; il aurait aimé disparaître au fond de ce miroir turquoise et immobile pour échapper aux réprimandes.

— On n'a pas cassé d'os, protesta Léo d'une voix de souris. Ils étaient dans cet état quand on les a sortis de la terre.

— Bon, commença David en s'adressant à tous sur un ton calme. Les jeunes sont bien conscients qu'ils n'auraient pas dû procéder de cette façon. Mais ils vous l'ont expliqué en long et en large : ils croyaient avoir affaire au squelette d'un ours. Les guides pourront vous le confirmer. Félix et Léo m'ont appris qu'ils leur avaient posé des questions pendant l'expédition Burgess. Ils souhaitaient savoir à quoi ressemblent les os d'un ours, car ils étaient persuadés d'être en présence des restes d'un grand mammifère de la forêt.

David s'interrompit, le temps de laisser Kenneth traduire ses propos. Puis, il poursuivit :

— Quant à cette grotte, elle était dissimulée sous les restes d'un éboulis. Si Félix et Léo n'avaient pas repéré cet os qui dépassait du sol, s'ils n'avaient pas voulu savoir à quelle bête il appartenait, ils n'auraient pas dégagé l'entrée de cette caverne dans la montagne, dont vous ignoriez l'existence. Et vous n'auriez pas un kilogramme et demi d'or entre vos mains ni les autres objets précieux. Ces jeunes ont compris la leçon ; je la leur ai moi-même faite : on ne doit pas toucher aux objets et artefacts trouvés dans les parcs, encore moins les ramasser. Je suis d'ailleurs aussi coupable qu'eux puisque, comme je vous l'ai mentionné, c'est moi qui ai ouvert le coffre. Nous avons été emportés par notre curiosité et nous vous présentons nos excuses. De là à mériter une amende... Non, je ne suis pas d'accord.

Alexander traduisit ses paroles une nouvelle fois. Le sergent Lean fit un geste qui semblait dire qu'il ne fallait pas dramatiser. Il parla un long moment à Felicia et à Ben, qui l'écoutèrent avec attention avant de retourner dans la grotte, leur matériel spécialisé sous le bras.

Léo soupira d'aise.

— Je crois qu'on est sauvés, lui glissa Félix à l'oreille.

Le sergent Lean entreprit de sillonner les alentours pour photographier les lieux dans le but évident d'enrichir le dossier de l'enquête. Depuis qu'ils étaient descendus de la navette, il n'avait cessé de prendre des notes.

Il se lança ensuite dans une conversation animée avec Kenneth et Alexander. Félix, Léo et David, qui se tenaient sagement près d'eux en attendant qu'on les sollicite, entendaient leurs échanges sans les comprendre. Félix saisit au passage le mot BARKERVILLE. Il aurait aimé sortir de sa poche le carnet où il avait retranscrit sa liste, mais il se ravisa. Il l'avait emporté au cas où une donnée nouvelle ou un détail oublié surgiraient. C'était justement le cas. Barkerville — il s'en souvenait maintenant — était le nom de la ville dans laquelle se trouvait Normand au moment où il avait écrit sa lettre à Catou. Cet élément n'avait peut-être aucune importance, mais Félix le rangea dans un coin de sa mémoire. Léo paraissait aussi attentif que lui aux propos échangés près d'eux. Ils reconnurent d'autres mots: California, Horselittle, Young, Normand, Hind. Au bout d'une dizaine de minutes, Felicia et Ben appelèrent le sergent Lean, qui mit fin au dialogue pour les rejoindre aux abords de la grotte.

— Le sergent était en train de vous parler des objets dans la boîte, n'est-ce pas? demanda timidement Félix à Kenneth.

— Oui, et c'était très intéressant, répondit celui-ci.

— On veut tout savoir! s'exclama David en lui souriant.

Kenneth lui retourna son sourire. Il parut réfléchir un instant, puis il expliqua:

— D'abord, à l'exception des présidents américains dont le portrait est gravé sur le revolver, aucune des personnes mentionnées dans les documents, sur la montre, sur la caisse à outils, etc., n'est connue des historiens du parc. Ceux-ci ont même procédé à des vérifications dans les archives et les registres. Aucune de ces personnes n'est enregistrée ni célèbre... sauf une!

— Qui ça? lui demanda Léo.

— Hind, William Hind.

— Hind ? s'étonna Félix.

— Oui. C'est un peintre anglais qui a immigré au Canada dans les années 1850. Ses œuvres sont connues notamment parce qu'en 1862 il a décidé de se joindre à un groupe d'Overlanders.

— Un groupe de quoi ? fit Léo avec une grimace.

— D'Overlanders, reprit Alexander. Il s'agissait de voyageurs qui se déplaçaient par voie terrestre. À la fin de l'année 1861, la rumeur selon laquelle de grosses quantités d'or avaient été découvertes en Colombie-Britannique, dans la région de Cariboo, a couru. En 1862, un groupe d'environ cent cinquante personnes, des hommes surtout, s'est formé pour gagner l'Ouest. William Hind a décidé de partir avec ces Overlanders, qui étaient en fait des chercheurs d'or. Ils ont quitté l'Ontario, traversé les Prairies, puis les Rocheuses, à la recherche des mines d'or des régions du fleuve Fraser et de Cariboo. D'après ce que j'ai compris, la lettre trouvée dans la boîte décrit bien ce voyage périlleux, auquel ont participé de nombreux Canadiens français, comme on les appelait à l'époque.

— Et ce William Hind les accompagnait ? fit David.

— Oui. Beaucoup d'Overlanders tenaient un journal. Hind, lui, dessinait des aquarelles. Son carnet de croquis est connu des historiens. Il contient près d'une centaine d'aquarelles et de dessins, si je me souviens bien. Ceux-ci représentent surtout la vie quotidienne des Overlanders de 1862. Les trois dessins au fond de la boîte de Joseph appartiennent à ce carnet ; les archéologues croient que ces pages ont été déchirées. C'est une belle découverte, car ces œuvres sont inédites et ont une grande valeur.

Félix sortit son calepin et y nota rapidement ces renseignements sur les voyageurs de 1862. Léo et lui n'avaient pas pensé à vérifier l'existence de Hind. Félix se souvenait vaguement d'une mention dans la lettre de Normand: celui-ci évoquait son «ami et artiste Hind». Si Félix s'en était souvenu, il aurait pu établir un lien entre cet homme et les trois croquis. Mais tout cela était si loin! David ne leur avait lu qu'une seule fois la lettre de Normand!

Félix et Léo avaient concentré leurs recherches dans Internet sur les ruées vers l'or, le train de la compagnie Canadian Pacific, G. Joseph, Henry et Colin H. Young, les chefs amérindiens, Horselittle, Luc MacAllan et Ti-kuan Wu. Ils n'avaient recueilli que des informations parcellaires sur la vie des chercheurs d'or dans la région de Cariboo, la construction de la voie ferrée et son passage sur le col Kicking Horse en 1884.

— Et Horselittle? demanda Léo.

— Ce nom ne semble inspirer personne, répondit Kenneth. Il paraît inventé. Cette histoire de mine d'or ou d'argent cachée dans la montagne semble beaucoup amuser le sergent Lean.

— Il n'y croit pas? comprit Félix.

— Je ne sais pas. Disons que cela le fait sourire. Les légendes ne manquaient pas dans la région, à l'époque des chercheurs d'or.

— C'est juste, approuva David.

— Il s'agit de vrais lingots d'or, non? fit Léo.

— Ça m'en a tout l'air! s'exclama Alexander. Ils ont été fabriqués en Californie.

— Vous pensez qu'ils valent combien?

Alexander, Kenneth et David s'esclaffèrent sans lui répondre.

— M. Dafoe, M. Wilson! entendit-on soudain.

C'était le sergent Lean, qui revenait vers eux. Il venait de s'entretenir avec les archéologues et souhaitait parler à Kenneth et à Alexander. Après de courts échanges, le sergent s'éloigna. Kenneth reprit la parole:

— Felicia et Ben ont procédé à un premier examen des os que vous avez déterrés, notamment le fémur et le grand os plat en forme d'oreille, qui est un fragment de bassin. Selon eux, il s'agit bel et bien de restes humains très anciens. Ces lieux constituent donc, à partir d'aujourd'hui, un site de fouilles officiel. L'accès au lac Serpentine sera interdit au public tant que les chercheurs n'auront pas terminé leur travail.

— Le sergent Lean vous remercie de votre coopération, ajouta Alexander. Il va prendre vos coordonnées. Il est possible qu'il communique avec vous à l'avenir s'il a des questions. Mais il confirme que vous ne serez pas inquiétés. L'enquête est maintenant entre les mains des archéologues et des historiens, qui vont explorer le site et expertiser tous les artefacts qui en seront extraits.

— Merci, Alexander, merci, Kenneth, répondit David, soulagé. Nous ne savons pas comment vous remercier. Sans vous, j'ignore comment nous nous serions sortis de cette situation!

— Merci, ajoutèrent Félix et Léo en s'adressant à leurs interprètes.

Félix et Léo échangèrent un sourire sincère. S'il avait fallu qu'ils s'expliquent et se défendent en anglais, la journée aurait été longue...

— De rien, lâcha Alexander. C'est tout à fait normal. Cette aventure n'était pas prévisible. Vous avez mis la main sur de vrais trésors. Le sergent vous attend près de la navette pour noter vos noms et vos adresses. Ensuite, je repartirai avec vous en direction de l'auberge. Nous ne sommes plus autorisés à demeurer sur ce site.

Ainsi se termina, pour Félix et Léo Valois, l'exploration des rives du lac Serpentine.

11 . . . . ADIEU, ROCHEUSES !

Le lendemain, le groupe quitta le parc Yoho et l'auberge Jack Point. Le séjour dans les Rocheuses tirait à sa fin. Cette septième et avant-dernière journée marquait le début du voyage du retour. L'autobus démarra en fin de matinée avec ses vingt-huit passagers. Destination : Banff. Un arrêt et un pique-nique étaient prévus sur les rives du lac Louise. Ceux qui le souhaitaient pourraient visiter le fameux grand hôtel semblable à un château, faire du canot ou louer une bicyclette pour randonner le long du lac.

Félix et Léo avaient passé la matinée et une bonne partie de la soirée précédente à raconter aux autres membres du groupe ce qui s'était produit au cours de leur rencontre avec le sergent Lean, la nouvelle de leur découverte s'étant répandue très vite. Mais, curieusement, leur récit ne déclencha pas les passions. Les autres jeunes ne s'intéressèrent à leur histoire que jusqu'à ce qu'ils comprennent qu'ils ne verraient rien des lingots ni des pépites. Ils leur posèrent des questions sur la valeur de l'or et sur les os du squelette. Mais peu d'entre eux s'émerveillèrent en regardant les photos de Félix, qui montraient des sortes de crottes blanches disséminées sur le sol de la forêt et une vieille boîte en métal.

— Quand je pense que vous avez trouvé les croquis d'un peintre célèbre! s'extasia Kim.

— Oui, c'est super, se rengorgea Léo.

Félix, Léo, Kim et François étaient assis sur des banquettes voisines. Dans moins d'une demi-heure, ils apercevraient le mont Victoria surplombant les eaux émeraude du lac.

— Est-ce que le policier vous a parlé du revolver? demanda François.

— Non, lui répondit Félix. Pourquoi?

— J'y ai repensé et je trouve ça étrange. Le gars possédait une arme pour se défendre et il la gardait dans une boîte, alors qu'il était dans une forêt pleine d'animaux sauvages. C'est plutôt stupide, non?

— Ouais... Tu as raison. C'est même complètement débile!

— À moins que ce soit une arme de collection, avança Kim.

— Je ne pense pas que ce soit le cas, répliqua François. Elle semblait avoir été souvent utilisée. Souviens-toi des rayures sur le canon.

— C'est vrai, convint Kim, mais la boîte ne renfermait aucune balle.

— Peut-être que le gars possédait un deuxième revolver et qu'il portait une ceinture remplie de munitions, comme dans les westerns ! suggéra Léo.

— Il serait donc venu enterrer sa boîte, qui contenait ses trésors et son deuxième revolver, pour les protéger des voleurs ou de la police ? suggéra Félix.

Léo le regarda. Ses yeux noirs brillaient tel l'onyx.

— Ce serait logique ! s'exclama-t-il.

— Quelqu'un aurait volontairement caché cette caisse à outils au fond de la grotte, poursuivit Félix, qui paraissait convaincu par cette hypothèse.

— Sa venue dans cette grotte pourrait n'avoir aucun rapport avec la recherche de la mine d'or de Horselittle, laissa tomber François.

— Tu as raison, François, déclara Félix comme s'il venait d'avoir une illumination. Pourquoi explorer la montagne pour chercher de l'or quand on en possède plus d'un kilo et demi ?

Il regarda par la vitre de l'autobus, qui venait de s'engager sur un terrain de stationnement. Le panorama était spectaculaire. Un château digne des contes de fées bordait les eaux lumineuses d'un lac. Des forêts immenses grimpaient le long des pentes. Immobiles, des vagues de glace gigantesques dépassaient des sommets encerclant la vallée.

— C'est aux archéologues et aux policiers de mener l'enquête maintenant, murmura Léo en pensant encore aux propos de son frère.

— Et les pépites d'or ? demanda Kim. Est-ce qu'elles vont être placées dans une banque, avec les lingots ?

— J'imagine, lui répondit Félix, qui prenait déjà des photos.

Les quatre amis passèrent l'après-midi à voguer sur le lac à bord d'un canot. Puis, ils suivirent la visite guidée du grand hôtel avec leurs camarades et leurs accompagnateurs. L'édifice était somptueux, avec ses salles de bal et ses larges baies vitrées donnant sur les montagnes.

L'autobus quitta les lieux en direction de Banff avant l'heure du souper. Là-bas, les élèves retrouvèrent l'hôtel où ils avaient séjourné au début de leur voyage dans l'Ouest. Léo put de nouveau admirer le crâne de grizzly qui trônait dans la vitrine du hall d'entrée...

Félix et Léo durent partager leur chambre avec deux garçons qu'ils connaissaient peu, mais ils retrouvèrent vite Kim et François pour savourer la surprise préparée par les accompagnateurs. Une activité spéciale était prévue pour cette dernière soirée. Des places avaient été réservées dans un *steak house* réputé de la ville, et le groupe y fit la fête en se remémorant ses mésaventures, les étonnants fossiles du mont Field et les chaussures brisées d'Éric ! David porta un toast aux frères Valois, qui venaient de trouver un trésor dans le parc Yoho, au cœur des magnifiques Rocheuses...

12 . . . . UN SECRET LOURD À PORTER

Des ratés se produisirent le lendemain matin, le système automatisé de réveil fourni par l'hôtel étant tombé en panne durant la nuit. Le groupe partit de Banff en direction de Calgary avec une heure de retard. Juliette, David, Éric et les vingt-quatre élèves enregistrèrent leurs bagages à la hâte à l'aéroport. Ils firent leurs adieux à Alexander et montèrent dans l'avion sans avoir le temps de flâner.

— C'est complètement débile! lâcha Félix en s'effondrant sur son siège, l'air exténué.

— J'ai cru qu'on allait manquer l'avion, ajouta Kim.

Elle s'était installée près du hublot; Léo, lui, s'était assis entre son frère et François.

— C'était super-mal organisé ce matin, admit-il en grimaçant.

Félix et Léo avaient à peine eu le temps de téléphoner chez eux pour confirmer l'heure de leur arrivée à Diane et à Louis, qui les attendaient avec impatience à Québec.

On invita les passagers à boucler leur ceinture de sécurité. Après les consignes d'usage, l'avion décolla. Lorsque celui-ci atteignit son altitude de croisière, une hôtesse distribua des écouteurs, des sandwichs et des boissons aux passagers.

— On est partis trop vite, se lamenta Kim en tentant d'apercevoir les sommets enneigés des Rocheuses depuis la vitre de son hublot.

— Je crois que j'ai commis une bêtise, soupira François.

— Ça ne nous changera pas beaucoup, lui dit Kim en rigolant. Tu ne pourras jamais faire mieux qu'aux sources thermales de Banff, quand tu as décidé d'enlever ton maillot de bain dans l'eau et qu'il t'a échappé des mains !

Félix, Léo et Kim éclatèrent de rire.

— Si ton bermuda s'était coincé au fond du bassin, il aurait fallu que tu sortes tout nu de la piscine ! lança Léo. Avec la foule qu'il y avait, tu ne serais pas passé inaperçu.

— Non, écoutez-moi, ce n'est pas drôle.

François rajusta ses lunettes et glissa sa main dans ses cheveux, l'air embarrassé.

— Ça a un rapport avec la boîte dans la grotte, leur confia-t-il.

Les gloussements moqueurs de ses camarades s'arrêtèrent net. Félix et Léo se regardèrent, étonnés.

— C'est quoi, comme bêtise ? lui demanda Félix, peu rassuré.

Leur conversation fut interrompue par une voix annonçant le début de la projection d'un film d'aventures. Félix, Léo et Kim ne touchèrent pas à leurs écouteurs. Ils fixaient François d'un air intrigué, attendant que leur ami leur fournisse des explications.

— Alors, qu'est-ce que tu as fait ? s'impatienta Léo.

— L'autre jour, poursuivit François à voix basse, quand je suis entré dans la grotte avec Léo, j'ai trouvé des débris d'os. C'était juste avant qu'on déterre la boîte en métal. Vous vous souvenez ?

Ses trois amis acquiescèrent d'un signe de la tête.

— Je les ai mis dans mon short et, plus tard, je suis allé les déposer près de ceux que vous aviez déjà découverts. Sauf qu'il y a un truc, plus lourd, qui a dû tomber au fond de ma poche sans que je ne m'en rende compte. Je l'ai retrouvé ce matin, alors que je rangeais mes vêtements dans ma valise.

Félix, Léo et Kim demeuraient silencieux. La surprise se lisait sur leur visage. François poursuivit ses explications :

— Je l'ai tout de suite nettoyé, parce qu'il y avait de la terre dessus.

— C'était quoi ? demanda Félix.

— Un morceau de métal super-fin, de la taille d'un timbre-poste. C'est en le frottant contre mon chandail, comme l'a fait David avec les lingots et la montre, que je me suis aperçu qu'il était peut-être en argent.

— En argent? s'étonna Léo.

— Oui; le matériau ressemble à celui des vieilles pièces de monnaie que mon père collectionne, chuchota François.

Même si la majorité des passagers de l'avion portaient leurs écouteurs et semblaient plongés dans l'action du film, les quatre amis parlaient à voix basse, craignant que des oreilles indiscrètes surprennent leur conversation délicate.

— Tu nous le montres, ton objet? demanda Félix, estomaqué.

— Je ne peux pas. Il est dans la soute, avec ma valise. Je ne l'ai pas emporté avec moi dans la cabine, parce que j'avais peur qu'il déclenche le détecteur de métaux au moment où je passerais sous le portique de sécurité, avant de prendre l'avion.

— C'est ce matin, quand nous étions encore à Banff, que tu aurais dû raconter ton histoire, François Durivage! lui reprocha Kim d'une voix pleine de colère.

— J'étais paniqué, protesta-t-il. Et puis, on était tous en retard. Je te rappelle, Kim, qu'on a failli manquer notre vol! Les accompagnateurs ne nous ont pas lâchés d'une semelle. On n'a pas pu discuter entre nous avant que l'hôtesse nous apporte ces horribles sandwichs.

François secouait dans les airs la collation peu appétissante emballée dans de la cellophane qui leur avait été distribuée. Il poussa un long soupir de découragement.

— Ça m'a effrayé de découvrir que cet objet avait peut-être de la valeur. Je ne sais pas quoi faire avec ce machin. Je n'ai pas envie qu'on croie que je l'ai volé !

— Tu n'as qu'à nous le donner, proposa Félix.

Félix se tourna vers Léo, qui lui adressa un signe de tête. Ils étaient d'accord.

— Tu nous le remettras, ajouta Félix. On l'examinera et ensuite on le passera à David.

— Vous êtes sérieux ? leur demanda François.

— Tout à fait sérieux, déclara Léo.

— Génial, soupira François.

Il parut soulagé d'un poids énorme, et son visage s'éclaira d'un large sourire.

— Merci, les gars, dit-il en s'emparant de ses écouteurs. Dès qu'on arrivera à l'aéroport de Québec, je vous donnerai ce truc !

— Mais qu'est-ce que vous allez raconter à David ? s'inquiéta Kim. Il va vous interroger. Il va vouloir savoir comment vous avez trouvé cet objet et pourquoi vous ne lui en avez pas parlé avant votre retour !

— On verra bien, lui répondit Félix.

— Cette histoire aurait pu m'arriver, remarqua Léo. J'ai ramassé plein d'os dans la grotte et je suis sûr qu'il y a encore de la terre dans les poches de mon short !

Félix et Léo passèrent une partie du voyage à réfléchir à ce qu'ils pourraient dire à David. Ils hésitaient à mentir en prétendant être les acteurs de ce délit. Ils n'avaient pas non plus l'intention de dénoncer leur ami. Mais ce petit souci ne devait pas gâcher la nouvelle excitante que François venait de leur transmettre : un mystérieux morceau de métal, pareil à de l'argent, avait été découvert près de la caisse à outils de Joseph ! Ils auraient pu conseiller à François d'informer David dès l'atterrissage de leur avion, mais c'était prendre le risque de voir un autre indice important leur filer sous le nez sans qu'ils aient eu le temps de l'examiner, comme cela s'était produit avec le contenu de la boîte en métal. En proposant à François de leur confier son butin, ils disposeraient d'au moins quelques heures pour l'étudier.

13. . . . . UNE EXPERTISE MAISON

Le soleil resplendissait dans le ciel, inondant de lumière la maison des Valois. Félix et Léo étaient installés à leur bureau, au sous-sol. Ils entendaient le ronronnement de la machine à laver et, juste au-dessus d'eux, les pas de Diane et de Louis, qui préparaient un souper spécial. Leurs grands-parents souhaitaient fêter leur retour en projetant les nombreuses photographies rapportées des Rocheuses sur l'écran de la télévision. La veille au soir, peu après l'atterrissage, Félix et Léo leur avaient tout raconté, mais dans le désordre : la fabuleuse expédition Burgess, la découverte des os et de la boîte en métal dans la forêt, le sergent Lean, le lac Louise, le bain dans les sources d'eaux chaudes, l'hôtel de Banff, l'auberge Jack Point et les chutes Takakkaw, l'empreinte étonnante d'*Anomalocaris* dans la carrière Walcott, les animaux dans la vallée de la Bow, l'amitié dont ils s'étaient liés avec Kim et François, le lac Moraine, les glaciers, le *steak house*, les lingots d'or et les pépites, les aquarelles de William Hind, la ruée vers l'or de Cariboo…

En attendant cette joyeuse soirée qui leur permettrait de relater leurs aventures, Félix et Léo examinaient le morceau d'argent. Comme convenu, François le leur avait discrètement confié à leur arrivée à Québec. Ils n'avaient pas encore eu le temps de l'observer comme ils le souhaitaient, car ils s'étaient réveillés tard et avaient dû ranger leur valise. Ils avaient promis à Kim et à François de les prévenir avant de contacter David afin qu'ils s'entendent sur la version des faits à raconter.

Félix approcha une nouvelle fois la lampe de l'objet pour mieux l'étudier à l'aide de sa grande loupe.

— Alors, est-ce que tu vois quelque chose ? s'impatienta Léo.

— Non, rien de particulier. Mais il faudrait nettoyer ce truc mieux que ça. On dirait qu'il y a de la terre dessus.

— Avec quoi on pourrait le laver ?

— Je n'en sais rien, il ne faut surtout pas l'abîmer.

— Je vais demander à Mamie, déclara Léo. Elle possède des bijoux en argent, elle aura peut-être un conseil à nous donner.

— Bonne idée.

Félix entendit Léo monter l'escalier et continua son inspection. Le morceau de métal qu'il avait sous les yeux mesurait deux centimètres de longueur, un centimètre et demi de largeur et trois millimètres d'épaisseur. La tranche comportait des rainures pleines de saletés. Il tapota l'objet contre le rebord de la table pour les déloger, mais sans succès. Cinq minutes s'écoulèrent avant que Léo redescende.

— J'ai du bicarbonate de soude! annonça-t-il avec entrain. Mamie jure que c'est sans danger pour les métaux précieux. On peut tremper l'objet dans l'eau et le frotter avec la poudre. J'ai aussi apporté des cure-dents. Le bois, ça ne grafigne pas, hein?

— Non, ce sera parfait, lui répondit Félix.

Ils se dirigèrent vers la salle d'eau récemment aménagée au sous-sol. Elle comprenait une douche, un large lavabo, une penderie, une commode et deux chaises. Diane l'avait décorée avec des accessoires rappelant le bord de la mer.

Léo prit un gobelet en plastique, le remplit à moitié d'eau et ajouta le bicarbonate. Félix y plongea sa brosse à dents et frotta l'objet en métal avec le mélange. Au bout d'une minute, Félix rinça la pièce sous l'eau tiède.

— Wow! s'écria Léo. C'est super!

Le morceau d'argent n'était pas seulement débarrassé de sa saleté : il brillait comme s'il était neuf!

— Il y a un petit trou, constata Léo. On dirait que c'est une médaille.

Félix alla jusqu'à coller ses lunettes sur l'objet pour vérifier l'hypothèse de Léo.

— Tu as raison.

Il retourna s'installer sous la lampe et s'empara de la loupe. Les stries qui marquaient le côté de la médaille

l'intriguaient. Il aurait juré que ces rainures dissimulaient une inscription.

— Je le savais! déclara-t-il après quelques secondes
d'examen. Un nom est écrit sur la tranche! Bust... Buster.
W. Buster.

— W. Buster? répéta Léo, intrigué.

Félix donna la médaille à son frère pour qu'il l'ins-
pecte à son tour à la loupe. Léo l'examina sous toutes
ses coutures.

— Oui, conclut-il enfin. C'est bien écrit W. Buster, et
il n'y a rien d'autre sur la médaille.

— C'est la première fois qu'on entend parler d'un
Buster dans notre histoire, n'est-ce pas? lui demanda
Félix, qui voulait en être certain.

— Oui.

— Buster, Young, Hind, Normand, Catou, Joseph... Tu
parles d'une colonie! Plus ça va, moins on comprend le
rapport entre ces personnes!

— Buster, ce n'est peut-être pas le nom d'une personne, mais celui d'une compagnie ou d'un bijoutier,
suggéra Léo.

— Les garçons, le souper est prêt! lança Diane du
haut des escaliers. On vous attend!

Félix se leva de sa chaise.

— On arrive, répondit-il.

— Qu'est-ce qu'on fait à propos de la médaille? lui
demanda Léo.

— Demain, on concentrera nos recherches sur le nom de Buster. Si elles ne nous mènent à aucune piste, on appellera Kim et François, avant de contacter David.

Léo poussa un long soupir. Il n'avait pas hâte d'expliquer la situation à David.

14 . . . . BUSTER

Le lendemain matin, à dix heures, Félix et Léo étaient déjà à leur table de travail, devant leur ordinateur. Après avoir vérifié que leur site *ENIGMAE* fonctionnait bien et lu en vitesse la nouvelle énigme que leur grand-père venait d'y proposer, ils se mirent à l'ouvrage. Une première vérification leur permit de conclure que «W. Buster» n'était pas le nom d'un orfèvre ni d'une compagnie célèbre en rapport avec leur affaire. Ce devait être le nom d'une personne.

Félix passa en revue les sites d'archives. Léo consulta des documents en ligne traitant des ruées vers l'or. Ils orientèrent leurs explorations vers les années 1860 et 1880, ainsi que vers le territoire des Rocheuses. Ils interrogèrent les divers moteurs de recherche en essayant plusieurs combinaisons possibles: « W. Buster G. Joseph 1883 », « meurtre Joseph 1884 », « W. Buster Rocheuses 1884 », « Normand Young Buster 1862 », « W. Buster Serpentine », « G. Joseph Buster Canadian Pacific », « Buster William Hind 1862 », etc.

Ils s'éloignèrent un instant de leur sujet lorsqu'ils tombèrent par hasard — sur le site des archives nationales du Canada — sur les quatre-vingt-douze aquarelles du carnet de croquis de William Hind réalisées lors de l'expédition des Overlanders de 1862. Dans la notice accompagnant ces documents, aucune allusion n'était faite à l'absence de trois dessins... En lisant la biographie du peintre, Léo apprit que Hind s'était éteint à Sussex, au Nouveau-Brunswick, en novembre 1889. Ce ne pouvait donc pas être son squelette qui reposait sur les rives du lac Serpentine.

Les recherches concernant le nom inscrit sur la médaille en argent allaient bon train, mais ne donnaient guère de résultat. Les textes surgissant à l'écran étaient rarement rédigés en français, ne permettant pas à Félix ni à Léo de saisir le sujet dont il était question. Pour rétrécir le champ de ses investigations, Félix précisa ses requêtes en utilisant des mots anglais simples. C'est en tapant « Buster *murder* 1884 » dans un site officiel du Canada qu'il recueillit un résultat intéressant. Il eut une intuition.

— Regarde, Léo !

Léo jeta un œil à l'ordinateur de son frère. Il vit un texte en anglais qui ressemblait à un extrait de vieux journal. Il avait été numérisé, et la qualité de l'image n'était pas fameuse.

— Qu'est-ce que c'est ? s'enquit-il.

— Je ne sais pas, je ne comprends pas le contenu ! lui répondit Félix, qui avait pourtant l'air excité. Tu ne remarques rien ?

Léo se rapprocha de l'écran et parcourut avec attention chacune des lignes. D'après ce qu'il saisissait, il était question d'un certain Fergus Patterson. Il reconnut les mots « Buster », « Wally Buster », « *judge* », « *gold* », « *gun* », ainsi que la date 1884 ! Le nom que son frère et lui avaient déchiffré sur la médaille revenait à quatre reprises !

— Où as-tu trouvé ce document, Félix ? demanda-t-il, épaté.

— Sur le site du Parlement du Canada, je crois, ce n'est pas très clair. En revanche, je mettrais ma main au feu que ce document a un lien avec notre affaire.

— C'est super !

— Mamie doit absolument nous traduire ce texte, déclara Félix en lançant l'impression d'un clic de souris.

***

En fin d'après-midi, Diane descendit au sous-sol. Elle venait de terminer la traduction du texte que Félix lui avait apporté en prétendant qu'il s'agissait d'une urgence. Aux yeux de ses petits-fils, Diane était parfaitement bilingue. Elle avait accepté avec plaisir de se mettre au travail après s'être occupée des massifs de fleurs du jardin.

— Ce texte est extrait du *Calgary Herald*, un journal d'époque. Il relate le procès de Fergus Patterson, leur annonça-t-elle. Ce procès s'est tenu le 22 août 1895. La coupure de journal a été numérisée et provient du site du Parlement du Canada, plus précisément de la section des rapports annuels de la North-West Mounted Police, qui était la Police à cheval du Nord-Ouest.

Félix quitta son poste pour venir à sa rencontre. Diane lui transmit sa feuille.

— Cela m'a pris plus de temps que prévu, désolée.

— Merci beaucoup, Mamie !

— Cela m'a bien amusée, dit-elle en remontant l'escalier. Si vous avez encore besoin de mes services, n'hésitez pas. Mais ce serait bien que vous fassiez l'effort de traduire quelques phrases, tout de même. Cela vous ferait pratiquer votre anglais.

— Merci, marmonna Léo en rejoignant Félix, qui s'était installé sur le canapé et lisait déjà le document.

Extrait du *Calgary Herald,*

édition du 23 août 1895

Le procès de Fergus Patterson s'est déroulé hier, le 22 août, à Calgary. L'homme âgé de cinquante-six ans était accusé de vol ayant causé la mort d'un innocent.

Rappel des faits

Le 12 août dernier, armé d'un pistolet, Patterson s'introduit dans le magasin général Graham de Calgary pour y dérober de la nourriture et des marchandises de valeur. Le prenant en flagrant délit, le propriétaire du magasin, Troy Graham, sort une carabine et tire en direction du voleur. De nombreux coups de feu sont échangés. Dans le désordre et la confusion qui s'ensuivent, un client du magasin est tué. Patterson prend la fuite, emportant son butin dans un grand sac en toile.

Le 18 août, alors qu'il déjeune au restaurant Lucy House, Patterson est reconnu et dénoncé par une femme présente au moment du drame survenu au magasin Graham. Deux membres de la Police à cheval du Nord-Ouest de la division E procèdent aussitôt à son arrestation.

Le procès

Hier, au cours de son procès, Patterson a avoué être l'auteur du vol commis au magasin Graham, mais il a nié avec force avoir tué un homme. Il a expliqué qu'il avait tiré des coups de feu en l'air afin d'affoler la clientèle du magasin. Patterson a ajouté que Troy Graham avait déchargé sa carabine dans sa direction et dans la foule, et qu'il était plus juste de penser qu'il était le meurtrier recherché.

Sur l'invitation de son avocat, et afin de réduire sa peine et de montrer au juge la sincérité de son repentir, Patterson a accepté de livrer des aveux inattendus concernant une autre affaire.

Ainsi, il a reconnu avoir participé au cambriolage survenu chez le juge Jason Morgan en août 1884, dans la communauté de Laggan. Les habitants de la région de Lake Louise se souviendront que, au terme de cette terrible tragédie, Morgan a été retrouvé gisant dans son fauteuil pieds et poings liés, tué par trois balles de revolver en pleine poitrine. Dans la même pièce, un autre homme dont on ignorait l'identité baignait également dans son sang. Ces événements se sont déroulés sans témoin.

Patterson a dénoncé ses deux complices dans cette vieille affaire : Alvin Troy et Walter Buster, dit Wally Buster. Il a expliqué qu'ils se sont introduits la nuit chez Morgan

dans le but de le dévaliser. Ils ont ligoté le vieil homme.
Troy, le spécialiste du trio, a ouvert le coffre-fort du juge.
Au moment de s'emparer des trésors que le coffre conte-
nait — quatre lingots d'or, deux pépites et un revolver
américain —, Wally Buster a agi en traître. Il a sorti son
arme et tiré, tuant Troy et Morgan. Patterson a aussitôt
pris la fuite pour échapper à la mort.

Patterson a avoué que, depuis cette nuit terrifiante, il
n'a plus jamais croisé le regard de Buster. Il affirme ignorer
où ce criminel se trouve actuellement. Devant l'assemblée
médusée, Patterson a confié qu'il craignait pour sa vie.
« Buster n'est pas l'homme que je croyais. C'est un tueur
et il me cherche pour me faire la peau », a-t-il répété en
sanglotant.

Au terme de son procès, Patterson a été condamné
à trois mois d'emprisonnement au poste de garde de la
Police à cheval du Nord-Ouest de Calgary (division E). Il a
bénéficié d'une sentence clémente et échappé à la pen-
daison grâce à ses aveux.

— *Quatre lingots d'or, deux pépites et un revolver*
américain, répéta Félix en s'avachissant au fond du
canapé. C'est complètement débile. À un lingot près,
c'est ce que la boîte en métal du lac Serpentine contenait. Ce Buster est notre homme !

— C'est génial, murmura Léo, l'air songeur.

— Jason Morgan... C'était donc le nom du juge dont
on ne parvenait pas à déchiffrer la signature sur le document en anglais accompagnant les deux pépites.

— Si je comprends bien, voici ce qui s'est produit,
récapitula Léo : Wally Buster était un criminel. À l'aide de

deux complices, Alvin Troy et Fergus Patterson, il commet un vol chez un juge en 1884, dans la région de Lake Louise. Le vol se termine mal : Buster tue un de ses complices et le juge, Jason Morgan. Buster prend la fuite avec son butin, c'est-à-dire le contenu du coffre-fort du juge. Plus tard ou aussitôt après le vol, il part dans la forêt et se réfugie dans la grotte du lac Serpentine, où il enterre ses trésors.

— Il est possible également que Patterson ait menti dans son témoignage et qu'il se soit enfui avec Buster après le vol commis chez le juge, intervint Félix. Ils seraient tous les deux partis se cacher dans la forêt, où ils auraient enterré leur trésor en gardant un des lingots. Ensuite, après 1895, ils seraient revenus sur les lieux pour récupérer la boîte. La police ou les archéologues du parc Yoho vont peut-être découvrir les ossements de deux squelettes, ceux de Buster et de Patterson.

— C'est vrai, j'avais oublié que le site pouvait contenir plus d'un squelette, murmura Léo. Quel casse-tête !

Comme souvent au cours de leurs enquêtes, Léo faisait une synthèse des événements et tâchait de les replacer dans le bon ordre chronologique, alors que Félix s'attachait aux détails et veillait à la logique de l'ensemble.

— L'enquête vient de faire un méchant bond, tout de même, admit Félix. C'est débile.

— Ouais, c'est super.

— Je serais curieux de savoir où en sont les fouilles au lac Serpentine...

— Et Horselittle ?

— On s'en occupera après, lui dit Félix en se levant du canapé. Essayons d'abord de trouver d'autres renseignements sur Wally Buster et Fergus Patterson.

Très vite, Félix et Léo surent que leurs recherches seraient fructueuses. Le nom de Fergus Patterson apparaissait à plusieurs reprises dans des documents anglophones. Les dates concordaient, confirmant que ledit Fergus était probablement celui dont ils suivaient la trace. Léo le repéra dans un site francophone évoquant la ruée vers l'or du Klondike, dans le Yukon, à la fin du XIXe siècle.

— Patterson a été chercheur d'or au Klondike ! s'exclama-t-il après avoir lu quelques phrases. Et il est mort en 1902 ! J'ai trouvé un texte écrit en français.

— C'est vrai ?

Félix vint s'installer près de son frère pour prendre connaissance du paragraphe — long d'une quinzaine de lignes — qui concernait leur homme.

Le chercheur d'or Fergus Patterson, né en 1839 au Manitoba, trouva en 1897 une magnifique pépite pesant six cent cinquante grammes en bordure du fleuve Klondike. Il mourut d'une pneumonie à Dawson City en 1902, non sans avoir laissé un vibrant témoignage de la vie à cette époque dans son feuilleton intitulé Les mémoires de Fergus ou les aventures époustouflantes de celui qui fut un véritable chercheur d'or et un authentique criminel *(pour lire le feuilleton, cliquer* ici *; texte en anglais seulement), qui parut chaque jour pendant trois mois dans le journal de la ville. Pour plaire à son public, Fergus y raconta* *les épisodes de sa vie de façon romancée, passionnée et spectaculaire. Il en résulta un récit plein de maladresses, d'exagérations et d'incohérences historiques, mais non dénué de charme.*

— Génial, Léo! le félicita Félix.

— *Les mémoires de Fergus ou les aventures époustouflantes de celui qui fut un véritable chercheur d'or et un authentique criminel*, répéta Léo en rigolant. C'est trop drôle!

— Clique sur le lien, commanda Félix. Celui qui renvoie au feuilleton.

— Tu crois que, dans ce truc, il parle de Buster et de leur cambriolage chez le juge?

— Pourquoi pas? Si ce gars raconte sa vie criminelle, il évoque sûrement cet épisode. Il ne faudra pas qu'on prenne ce qu'il a écrit à la lettre, puisqu'on dit que son texte est romancé. Il a sans doute inventé des anecdotes. Mais, qui sait, ses mémoires nous apporteront peut-être une nouvelle piste de recherche.

Léo s'exécuta et cliqua sur le lien. Une fenêtre s'ouvrit sur un document anglais d'une centaine de pages.

— On ne pourra jamais demander à Mamie de traduire tout ça! gémit Léo.

— Fais une recherche du mot «Buster» dans le texte.

Léo tapa les caractères à l'endroit prévu à cet effet, dans le coin supérieur droit de la page. En moins d'un quart de seconde, le mot «Buster» apparut surligné au milieu de l'écran. Félix et Léo passèrent une dizaine de minutes à explorer le document en tâchant de repérer les extraits les plus susceptibles d'avoir trait à leur affaire. Ils trouvèrent enfin le chapitre qui les intéressait. Il s'intitulait *My «friend» Wally.* Wally, comme Walter Buster!

Félix et Léo venaient de mettre la main sur les pages que Diane allait devoir leur traduire le jour suivant. Bien entendu, il s'agissait d'une urgence.

15 . . . . LES MÉMOIRES DE FERGUS

Extrait de :

*Les mémoires de Fergus ou les aventures époustou-
flantes de celui qui fut un véritable chercheur d'or et un
authentique criminel*

Paru dans *The Gazette* de Dawson City en 1898

Mon « ami » Wally

*Walter Buster, dit Wally Buster, est un sacré gaillard. Il
mesure près de deux mètres. Il est fort et gras comme un
ours. Grâce à sa carrure de séquoia géant, il n'y a pas beaucoup de monde qui l'embête. Ses vêtements sont tellement
crasseux qu'ils sont devenus durs et lisses, aussi doux que
les cuissots de « La Louve », la danseuse du saloon. Son chapeau en peau de poisson est tordu et sent la morue. Ses
bottes difformes ressemblent à des navires à vapeur, et
sont aussi lourdes et pointues que le bateau* Islander.

*Wally a une tête patibulaire. Ses yeux noirs et hui-
leux sont trop grands pour leurs trous. Ça lui donne un air*

étonné. Ses cheveux sont mous, et noir et blanc comme un putois. Sa moustache taillée en équerre a la couleur de l'écureuil. Wally dit que sa mère était écossaise, et son père, une sale moufette. Ce n'est pas pour rire que Wally dit ça — il n'aime pas trop rire —; c'est parce que son père lui a volé un jour un chariot et un cheval, et qu'il le déteste. À voir sa tête, on ne dirait pas que Wally aime les trucs de fillette ni les bijoux. N'empêche qu'il porte une médaille autour de son cou poilu. Elle est en argent, et le nom « W. Buster » est gravé dessus.

Ce qui gâche l'allure de Wally, c'est son haleine de carcasse. Un Chinois lui a fabriqué une fausse molaire en os de caribou qui se ferme avec une vis en argent. Elle lui sert de coffret où cacher ses trésors les plus chers. Quand Wally ouvre la bouche, c'est le diable qui vous chante une berceuse.

Mais ce qui est bien avec Wally, c'est qu'il ne parle pas beaucoup. Il est plutôt du genre qui frappe ou qui tire. Ça, il ne faut jamais l'oublier.

Wally et moi, on s'est connus à Fort Edmonton en 1862. Il avait vingt ans, j'en avais vingt-trois. On voulait suivre le chemin qui menait aux paillettes. À l'automne 1860, quatre prospecteurs avaient découvert l'Eldorado sur l'affluent Antler. On racontait que les ruisseaux étaient tellement chargés d'or qu'on pouvait attraper les pépites avec une épuisette. L'idée nous plaisait bien. Les agents du gouverneur Douglas avaient enregistré plus de deux millions et demi de dollars d'or dans le seul district de Cariboo. C'était là qu'il fallait aller pour devenir de grands hommes.

Alors, Wally et moi, on est partis de Fort Edmonton avec un groupe de voyageurs qui possédaient des chevaux, des chariots, des vêtements et de la nourriture. Ils venaient de l'Est. Ils avaient parcouru les Prairies et traversaient les Rocheuses. Le bruit courait qu'un guide indien avait confié un secret à deux colons du groupe, un Blanc nommé Leblanc et un autre gars au sale caractère, Hind, qui barbouillait des couleurs sur du papier.

On racontait que l'Indien avait repéré de l'or ou de l'argent dans la montagne, à un endroit appelé Horselittle, et qu'il avait indiqué l'emplacement exact à Leblanc et à Hind, qui lui avaient sauvé la vie pendant la traversée d'un torrent. Fallait qu'il soit bien émotif, l'Indien, pour causer de son secret à des inconnus! Bref, on savait que cette histoire était vraie parce que Wally avait volé des dessins à Hind sur lesquels ce champion du pinceau avait gribouillé des croix et « Horselittle ».

Wally et moi, on a fait quelques explorations dans la montagne pour repérer la falaise des dessins, mais on n'a rien trouvé. On a interrogé des blaireaux, mais personne ne connaissait un lieu nommé Horselittle. Alors, on a continué notre chemin en direction du fleuve Fraser.

À l'automne 1862, quand on est arrivés à Cariboo, on s'est installés pour chercher de l'or. Wally avait sa concession, et moi, j'avais la mienne. Mais Wally n'arrêtait pas de penser à Horselittle. Il était obsédé, comme si une saleté de moustique l'avait piqué et lui embrouillait les méninges. Il ne dormait plus et ne s'intéressait plus aux filles. Il avait une seule idée en tête : retrouver Leblanc et Hind pour les faire parler.

Et, quand Wally veut que quelqu'un parle, ce n'est pas pour l'entendre débiter des contes de fées. Ça, il ne faut jamais l'oublier.

Wally n'a pas retrouvé Hind, mais il a retracé Leblanc, qui cherchait de l'or sur le ruisseau Lowhee, dans la région de Cariboo. Il l'a espionné et suivi jusqu'à Barkerville. Il a même volé son courrier dans la diligence en pensant que Leblanc préparait une expédition à Horselittle avec Hind. Wally a mis sa grosse patte sur une lettre écrite en français que Leblanc envoyait à sa femme. Quand il l'a fait traduire, il a compris que Leblanc et Hind prévoyaient repartir dans les montagnes au printemps suivant pour trouver Horselittle. Wally a aussi compris que Horselittle était un nom inventé par Hind et Leblanc. Ça l'a rendu furieux comme un bison.

Wally est allé rencontrer Leblanc sur son claim pour discuter de Horselittle, mais Leblanc n'a pas voulu parler de ce sujet avec lui. Wally s'est énervé et l'a frappé. Il a voulu lui voler son or, mais il ne l'a pas trouvé dans sa cabane. Pour se venger et parce qu'il avait les nerfs à bout, Wally s'est rendu chez le voisin, un certain Young, pour lui dérober ses trésors.

Après, je n'ai plus entendu parler de Wally pendant vingt-deux ans. C'est le hasard, la chance, la poisse ou le diable qui l'a remis sur ma route à l'été 1884.

Je m'en souviens très bien. J'étais au saloon de Fort Edmonton en compagnie des belles quand je l'ai vu entrer avec sa carrure de séquoia géant et son chapeau en peau de poisson qui sentait toujours la morue. Wally m'a raconté son histoire. Il était parti faire sa vie aux États-Unis comme hors-la-loi et voleur de train. L'idiot s'était beaucoup enrichi avant de tout perdre au poker. Au fond de ses poches crasseuses, il y avait toujours les trois dessins de Hind, la lettre de Leblanc en français et une montre en or qui avait appartenu à Young.

Wally n'avait pas oublié Horselittle. Il avait un plan et cherchait des complices. Mes culottes étaient trouées, et je ne traversais pas ma période la plus chouette. J'ai donc décidé de le suivre. Avec Alvin Troy, un spécialiste des coffres-forts qu'il avait connu aux États-Unis, Wally et moi, on est retournés explorer les Rocheuses à la recherche de cette mine d'or ou d'argent. Dans sa lettre, Leblanc prétendait que Hind et lui avaient inventé le nom Horselittle, mais c'était des malins. Ils étaient capables de ne rien avoir inventé du tout! Horselittle était peut-être le vrai nom donné par l'Indien ou un nom qui lui ressemblait. On a donc traîné nos sales bottes dans tous les recoins où il y avait le mot « cheval »: Gran Horse, Horsebridge, Kicking Horse...

À la fin du mois d'août, Wally a perdu le peu de patience qu'il avait. On était toujours à Kicking Horse, et nos recherches dans la montagne n'avaient donné aucun résultat. On avait volé des vêtements et des outils pour les revendre sur le chantier de construction de la voie ferrée du Canadian Pacific, mais ce n'était pas suffisant pour vivre comme de vrais hommes. En attendant d'avoir une émanation du cerveau — Wally dit souvent ça — à propos de la localisation de Horselittle, Wally nous a proposé de faire un coup dans les parages.

Il y avait un juge à Laggan, la communauté où s'étaient installés les ouvriers du chantier. Son nom était Jason Morgan. On disait que son coffre était bourré d'or.

Une nuit, Alvin, Wally et moi, on s'est introduits chez le vieux. On l'a attaché et on a pillé son coffre. Il contenait quatre lingots d'or, ainsi que deux pépites avec une lettre qui disait à qui elles appartenaient. Wally voulait garder la lettre pour connaître le nom des deux gars aux pépites, Luke MacAllan et Ti-Khuan Wu, histoire d'aller vérifier un jour s'ils ne possédaient pas d'autres trésors qui pouvaient l'intéresser.

Le coffre du juge renfermait aussi une pétoire pour fillette : un joli petit revolver américain, un Shattuck Hatfield de 1879. Et surtout, un caillou qui ne ressemblait pas à de la vitre. Alvin, qui s'y connaissait en matière de joyau, nous a dit que c'était un diamant. À ce moment-là, Wally est devenu plus blanc qu'un fantôme. Ses gros yeux huileux ont roulé dans leurs trous trop petits, et il a sorti son revolver. Il a ciblé le juge et, quand j'ai compris qu'il allait aussi tirer sur Alvin, j'ai détalé plus vite qu'un lapin. Mieux vaut être la queue d'un chien vivant que la tête d'un lion mort, comme dit le proverbe.

Mon «ami» Wally, il a voulu me tuer. Ça, il ne faut jamais l'oublier.

Ça m'a fait quelque chose d'apprendre par la rumeur qu'Alvin était rendu chez les anges. Quant à Wally, je ne l'ai plus jamais revu. Je l'ai pourtant cherché pour récupérer ma part du butin et le diamant dont je connaissais l'existence. Cette pierre blanche, c'était mon secret. Je rêvais du jour où j'allais croiser Wally et lui éclater la mâchoire.

Après mes déboires à Calgary, je suis revenu sur les lieux du malentendu. J'ai mené ma petite enquête. Bradley, un ancien gars du chantier, m'a dit qu'il avait aperçu Wally errant près d'un lac, du côté de Kicking Horse, quelques jours seulement après le meurtre du juge Morgan. Bradley s'en souvenait parce qu'à cette époque, dans ce coin, les ouvriers provoquaient plein d'explosions dans la montagne pour construire les ponts et les tunnels du chemin de fer. C'était dangereux pour l'ossature de flâner dans les parages. Bradley m'a montré le lac. J'en ai fait le tour, mais je n'ai rien trouvé.

Qui sait où Walter, dit Wally Buster, ce fils de putois, traîne ses sales bottes et sa molaire aujourd'hui ?

16. . . . . LA THÉORIE

Hilares, Félix et Léo relurent le récit de Fergus Patterson que Diane leur avait transmis en fin d'après-midi. Une journée s'était écoulée depuis leur découverte du texte. Durant leur attente, les rires de leur traductrice dévouée avaient traversé les cloisons, laissant présager que la prose du chercheur d'or criminel n'était pas banale.

— C'est débile ! lança Félix. Les os trouvés dans le parc Yoho pourraient être ceux de ce colosse au chapeau qui pue la morue !

Léo en rigolait encore.

— *Mieux vaut être la queue d'un chien vivant que la tête d'un lion mort*, répéta-t-il. J'adore ce proverbe !

— Patterson n'a peut-être pas inventé tant de choses que ça dans ses *Mémoires*, avança Félix en reprenant son sérieux. Sa version des faits concernant le cambriolage chez le juge Morgan concorde parfaitement avec celle qui a été donnée à son procès à Calgary.

— Sauf pour le diamant.

— Oui.

— D'après toi, pourquoi il n'a pas avoué à son procès que le coffre du juge renfermait une pierre précieuse ?

— Parce qu'il ne voulait pas ébruiter la nouvelle et qu'il avait l'intention de récupérer le diamant un jour.

— Sans farce, tu crois vraiment qu'on a retrouvé le cadavre de Buster dans la forêt ? demanda Léo.

— Beaucoup d'indices nous le confirment, même si on ne peut pas en être sûrs à cent pour cent.

— Ce serait donc le squelette de Wally Buster, le fils du putois, murmura Léo, qui n'en revenait toujours pas.

— Si sa carrure était celle d'un séquoia géant, comme l'écrit Patterson, c'est normal que tu aies pris ses os pour ceux d'un ours.

— Quand je pense que j'ai farfouillé dans son squelette ! Beurk !

Léo fit une moue de dégoût. Un frisson lui parcourut l'échine.

— On ignore encore la cause de sa mort, ajouta Félix.

— Dans ses *Mémoires*, Patterson parle d'un gars qui a vu Buster rôder près d'un lac vers le col Kicking Horse quelques jours seulement après l'assassinat de Morgan, dans un coin où il y avait plein d'explosions. Buster a pu périr dans l'une d'entre elles au moment d'enterrer son trésor à côté du lac Serpentine.

— Exact, admit Félix.

— Pourquoi Buster possédait-il la caisse à outils de Joseph?

— Il a dû la dérober sur le chantier de construction de la voie ferrée. Patterson a écrit qu'ils commettaient des vols. Attends voir...

Félix mit quelques secondes à trouver le passage auquel il songeait dans le texte traduit par Diane. Il le lut:

> — On était toujours à Kicking Horse, et nos recherches dans la montagne n'avaient donné aucun résultat. On avait volé des vêtements et des outils pour les revendre sur le chantier de construction de la voie ferrée du Canadian Pacific, mais ce n'était pas suffisant pour vivre comme de vrais hommes.

— C'est vrai, j'avais oublié, admit Léo. Et Horselittle, est-ce que tu y crois?

Félix soupira en guise de réponse, comme s'il n'était pas convaincu de l'authenticité de cette histoire.

— On sait maintenant qui étaient William Hind, Normand Leblanc, sa femme Catou, Henry Young, Joseph, Fergus Patterson, Wally Buster, Alvin Troy et le juge Morgan, dit-il. Mais on n'a pas appris grand-chose sur cette mine d'or ou d'argent cachée dans la montagne!

— Si elle existait, on le saurait, soutint Léo. Surtout que Patterson en parle en long et en large dans son feuilleton paru dans un journal. Tu ne trouves pas étrange, toi, qu'un gars confie ce genre de secret à tous ses lecteurs ?

— Si.

— En plus, Hind est mort en 1889 au Nouveau-Brunswick, et ce n'est pas écrit dans sa biographie qu'il est mort couvert d'or ! S'il avait été convaincu que la mine de Horselittle existait, il l'aurait cherchée jusqu'à sa mort. Ce gars avait traversé à pied le Canada pour participer à une ruée vers l'or ; il ne serait jamais passé à côté de sa chance s'il avait pu dénicher Horselittle. Ce que je pense, moi, c'est que le guide amérindien s'est bien foutu d'eux avec son prétendu secret !

— Tu as sans doute raison.

— Les archéologues vont tomber sur le derrière quand ils sauront ce qu'on a découvert ! ajouta Léo, les yeux brillants.

Félix hocha la tête d'un air satisfait :

— Si François n'avait pas ramassé cette médaille, on aurait eu de la difficulté à découvrir l'existence de Patterson et à reconstituer cette histoire.

— Reste le problème du lingot. Le coffre du juge en renfermait quatre, alors que la boîte n'en contenait que trois.

— Le diamant était également absent de la boîte, remarqua Félix.

Léo parut soudain songeur. Il venait de se souvenir d'un détail. Il s'empara de la traduction des *Mémoires de*

Fergus et se replongea dans la lecture de ses aventures époustouflantes.

— Écoute, dit-il enfin en s'adressant à Félix. Ce qui gâche l'allure de Wally, c'est son haleine de carcasse. Un Chinois lui a fabriqué une fausse molaire en os de caribou qui se ferme avec une vis en argent. Elle lui sert de coffret où cacher ses trésors les plus chers. Plus loin, Patterson écrit : Quant à Wally, je ne l'ai plus jamais revu. Je l'ai pourtant cherché pour récupérer ma part du butin et le diamant dont je connaissais l'existence. Cette pierre blanche, c'était mon secret. Je rêvais du jour où j'allais croiser Wally et lui éclater la mâchoire. Et la dernière phrase : Qui sait où Walter, dit Wally Buster, ce fils de putois, traîne ses sales bottes et sa molaire aujourd'hui ?

— Et alors ? demanda Félix.

— On dirait que Patterson croit que Buster cache le diamant à l'intérieur de sa fausse dent !

Félix prit le temps de relire les phrases en question.

— C'est vrai, admit-il. Je n'y avais pas pensé.

— Supposons que ce soit le squelette de Buster qu'on a repéré dans la forêt, reprit Léo. Son crâne doit sûrement être enfoui dans la terre, non ?

— Euh...

— Patterson a pu mentir et inventer ce truc marrant avec la dent, le diamant et tout. Mais s'il racontait la vérité ?

Félix resta muet. Il écoutait les propos de son frère avec une attention extrême.

— Ce qui signifie qu'il y a peut-être un super-diamant enterré près de la grotte, conclut Léo.

Félix et Léo demeurèrent un moment plongés dans leurs pensées. Puis, Félix se leva de son siège. La panique se lisait sur son visage.

— Léo, tu as raison, et on doit prévenir David au plus vite! Il n'y a plus de temps à perdre. Il faut absolument lui avouer qu'on possède cette médaille. Tant pis, on racontera que c'est nous qui l'avons ramassée et que c'est de notre faute. D'accord?

— D'accord, mais...

— C'est débile! coupa Félix. Imagine que les archéologues apprennent notre histoire, mais qu'ils ne trouvent pas la pierre précieuse! Ils pourraient nous suspecter de l'avoir volée ou nous reprocher d'avoir trop attendu avant de les prévenir, donnant ainsi le temps à des voleurs de s'en emparer ou un truc du genre!

— Hein? fit Léo d'un air affolé.

Félix chercha le numéro de téléphone personnel de David Martin dans un calepin et composa aussitôt ses dix chiffres. David le leur avait transmis alors qu'ils travaillaient tous les trois à la mise en place de leur site *ENIGMAE*.

Six sonneries retentirent avant qu'un répondeur se déclenche. David était absent. Félix lui laissa un court message, lui demandant de les rappeler le plus rapidement possible.

— Voilà, soupira Félix en s'effondrant sur le canapé. On n'a plus qu'à attendre.

— Si on appelait Kim ou François pour les mettre au cour...

Le téléphone sonna à l'instant même, interrompant les propos de Léo.

— Les garçons, il y a une communication pour vous! cria Diane. C'est David, votre professeur.

Félix se précipita sur le téléphone, décrocha le combiné et brancha le haut-parleur:

— Allô?

— Salut, Félix! Salut, Léo! Je rentre tout juste à la maison; j'ai raté votre message de peu. J'espère que vous vous remettez de votre voyage et de votre fabuleuse expédition. Tu avais une petite voix sur ton message, Félix. Tu semblais anxieux. Il n'y a rien de grave, au moins?

Félix hésitait, ne sachant à quelle question répondre.

— Euh non! répondit-il, il n'y a rien de grave, sauf que...

— Bon, tant mieux, le coupa David. Je sors avec des amis tantôt, mais j'ai un peu de temps devant moi. C'est amusant que vous m'ayez appelé, car je pensais à vous et je souhaitais vous contacter. Ce matin, j'ai eu des nouvelles au sujet de notre découverte dans le parc Yoho.

— C'est... c'est vrai? bredouilla Félix en glissant un œil inquiet vers Léo.

— Oui. Les archéologues travaillent d'arrache-pied sur le site. Imaginez-vous qu'ils ont recueilli de nombreux os du squelette, y compris le crâne. Selon les premières conclusions, ces restes sont ceux d'un homme âgé d'une quarantaine d'années et de grande carrure. Il devait mesurait un mètre quatre-vingt-seize. C'était un sacré gaillard!

Léo ne put s'empêcher d'émettre un gloussement. «Un sacré gaillard... » C'était justement les mots qu'avait employés Patterson pour décrire Buster dans ses *Mémoires*! David n'y prêta pas attention et poursuivit ses explications:

— Des analyses ont permis de déterminer la date approximative de la mort de cet homme. On pense qu'elle remonterait à la seconde moitié du XIXe siècle, soit entre 1850 et 1900. Il n'y aurait qu'un squelette, mais les archéologues continuent leurs fouilles. Ils ont aussi consulté des archives historiques et une grosse étude consacrée à la ruée vers l'or de Cariboo. Ils ont ainsi pu retracer le Canadien français qui est parti avec les Overlanders de 1862 et dont il est question dans la lettre. Je ne sais pas si vous vous en souvenez... Bref, son nom est Normand Leblanc. Ce squelette pourrait être le sien ou celui de son neveu, qui est allé le rejoindre en 1864. Ah oui! les chercheurs ont également déterré un quatrième lingot, semblable aux précédents, ainsi qu'un revolver, des munitions et une chaînette en argent.

— Une chaînette en argent! s'exclama Félix, qui ne tenait pas en place.

— Et ce n'est pas la plus extraordinaire des nouvelles, s'enflamma David. Ils ont mis la main sur un diamant qui était dissimulé dans une dent! C'est incroyable, non?

Félix et Léo restèrent muets. Ils échangèrent un drôle de regard, qui exprimait la surprise et le soulagement à la fois. Felicia et Ben avaient trouvé la pierre précieuse qui avait été volée au juge Morgan et que Wally cachait dans sa molaire en os de caribou... Ils auraient aimé répondre à David que rien de ce qu'il venait de leur raconter n'était *incroyable* à leurs yeux !

— C'est débile, lâcha Félix, qui se sentit soudain plus à l'aise.

— Quelles sont les hypothèses des archéologues, David ? intervint Léo.

— Les hypothèses ? Ben... l'expertise des os semble confirmer une mort naturelle. D'après ce que j'ai compris, les archéologues pensent qu'un glissement de terrain accompagné d'une coulée de boue a surpris le bonhomme au fond de sa cachette. Plusieurs avalanches successives expliqueraient que ses restes se soient déplacés à l'extérieur de la grotte. Mais les fouilles ne font que commencer, et il est beaucoup trop tôt pour avancer des hypothèses !

— Justement, commença Léo, qui ne savait comment s'y prendre.

— On voulait te parler, David, parce qu'on a une théorie à proposer pour expliquer ce qui s'est passé, déclara Félix.

— Oh, une *théorie* ! répéta David, amusé. Je vous écoute.

Félix prit les devants. Il expliqua que, au cours de leurs fouilles dans la forêt près de la grotte, il avait ramassé sans le savoir un morceau de métal qui était tombé de la poche de son short quand il avait sorti ses vêtements de sa valise pour les mettre dans la corbeille de lavage chez eux, à Québec. Léo et lui avaient nettoyé cet objet et s'étaient aperçus qu'il s'agissait d'une médaille. Ils avaient voulu mener quelques recherches à propos du nom inscrit dessus avant d'appeler David pour le mettre au courant. Léo enchaîna aussitôt en mentionnant l'article de journal, l'histoire de Wally Buster, le meurtre du juge Morgan et les *Mémoires de Fergus*. Ils déballèrent tous les éléments qu'ils avaient découverts, jusqu'à la pierre précieuse cachée dans la fausse molaire de Wally.

— On a voulu te prévenir le plus vite possible quand on a compris ce soir qu'il y avait peut-être un diamant sur le site du lac Serpentine, conclut Félix.

À l'autre bout du fil, David restait muet. Il n'avait pas prononcé un seul mot durant l'exposé des frères Valois.

— Pourquoi m'avez-vous laissé parler aussi longtemps tantôt, puisque vous saviez tout cela ? lâcha-t-il.

Léo ne sut quoi répondre et regarda son frère en haussant les épaules. Félix réfléchit en vitesse. Puis, il se lança, non sans bredouiller :

— Tu... tu as dit que tu avais des nouvelles fraîches du chantier de fouilles. Il fallait qu'on sache ce que les archéologues avaient découvert avant de te raconter notre histoire. En fait, ce qu'ils ont trouvé concorde avec notre théorie.

— Je vois, fit David.

Il y eut dix secondes de silence, qui parurent une éternité.

— Qu'est-ce que tu en penses ? demanda Félix, un brin anxieux.

— Franchement, je suis abasourdi, répondit David. Je n'aurais jamais pensé que l'expédition Burgess nous permettrait de découvrir une histoire pareille, avec des chercheurs d'or et des hors-la-loi !

— C'est grâce aux chaussures d'Éric Langevin, précisa Léo en rigolant. Si elles ne s'étaient pas percées, on n'aurait peut-être jamais déterré les restes de Wally ni ses trésors volés !

— Oui, c'est sûr ! s'esclaffa David. Je ne peux que vous féliciter pour vos recherches. L'avenir nous dira si votre théorie est la bonne. Si c'est le cas, vous aurez contribué à éclairer un pan de l'histoire des Rocheuses. Quoi qu'il en soit, je suis très fier de vous.

David ne pouvait voir ses interlocuteurs, et c'était fort dommage. Sous l'effet des compliments qu'on venait de leur adresser, Félix et Léo gesticulaient sur le canapé en montrant leurs muscles.

— En ce qui concerne la médaille que vous avez ramassée dans la grotte, reprit David, la prochaine fois qu'une telle chose se produit, je m'attends à ce que vous me préveniez immédiatement. C'est bien compris ?

— D'accord, lui répondit Félix, calmé.

— Si c'est possible, j'aimerais passer chez vous demain après-midi pour récupérer cet objet. Par la suite, je verrai avec Alexander Wilson comment contacter le sergent Lean. Nous trouverons un moyen sûr de lui faire parvenir la médaille.

— Super, approuva Léo.

— D'ici là, ajouta David, je voudrais que vous fassiez un exercice pour moi. Je souhaite que vous écriviez tout ce que vous venez de me raconter, sans omettre aucun détail. Je vais devoir transmettre ces informations et, sans vos notes, je serai perdu ! Vous m'indiquerez également les sites Internet où vous avez repéré les documents historiques. Et j'aimerais beaucoup que vous me donniez une copie des traductions. Est-ce que c'est possible ?

— Bien sûr, lui répondit Félix.

— Merci, dit David. Avant de vous quitter, j'aimerais savoir... Avez-vous bien secoué vos culottes pour vous assurer qu'elles ne dissimulaient pas d'autre pièce à conviction ?

Félix et Léo bredouillèrent un vague « oui » avant d'éclater de rire.

Ce roman est une fiction. Les personnages et l'intrigue sont une pure invention. Cependant, plusieurs données historiques et scientifiques sont avérées. La plupart des lieux existent ou sont inspirés de topographies réelles.

Charles Doolittle Walcott découvrit d'étranges fossiles d'animaux marins le long de la crête des monts Wapta et Field en 1909. Les schistes argileux de Burgess peuvent être admirés au cours d'une longue randonnée dans le parc national Yoho, en Colombie-Britannique. Ces fossiles sont d'une grande diversité et exceptionnellement préservés. Leur examen permet de croire que l'évolution de la vie sur terre ne s'est pas faite selon le principe de la survie des espèces les plus fortes ni les plus aptes, mais par une diversification rapide des espèces animales et leur extinction au hasard.

Le premier train transcanadien passait au col Kicking Horse, sur le territoire actuel du parc Yoho.

La découverte de fortes quantités d'or en Californie en 1848 donna lieu à un véritable engouement des prospecteurs, et ce, jusqu'en 1856. La ruée vers l'or de Cariboo, la plus célèbre de la Colombie-Britannique, se déroula de 1862 à 1866 environ, et celle du Klondike, dans le Yukon, de 1897 à 1902.

Les Overlanders de 1862 ainsi que l'artiste William Hind ont existé. *Le Carnet Overlanders de 62* de William Hind peut être consulté en ligne sur le site de Bibliothèque et Archives Canada.

• • • • • • • • • • • • • • • • **PROCHAINE ÉNIGME**

Rome la Mystérieuse... Le temps est venu pour les frères Valois de découvrir cette cité antique fascinante, qui regorge de trésors et de vieilles pierres entre lesquelles rôde le fantôme de Jules César.

REJETE
DISCARD

Achevé d'imprimer
en septembre deux mille onze, sur les presses
de l'imprimerie Gauvin, Gatineau, Québec